风雨后的阳光

崔立 著

主编 高长梅 王培静

与文学名家对话·中国当代获奖作家作品联展

花山文艺出版社

图书在版编目(CIP)数据

风雨后的阳光 / 崔立著.—石家庄: 花山文艺出版社, 2013.7(2021.6 重印)

(与文学名家对话: 中国当代获奖作家作品联展 / 高长梅, 王培静主编)

ISBN 978-7-5511-1691-6

Ⅰ. ①风… Ⅱ. ①崔… Ⅲ. ①小小说-小说集-中国-当代 ②散文集-中国-当代 Ⅳ. ①I217.2

中国版本图书馆 CIP 数据核字(2013)第 292208 号

丛 书 名: 与文学名家对话: 中国当代获奖作家作品联展
主　　编: 高长梅　王培静
书　　名: **风雨后的阳光**
作　　者: 崔　立

策　　划: 张采鑫
责任编辑: 于怀新
责任校对: 齐　欣
特约编辑: 李文生
全案设计: 北京九洲鼎图书有限公司
出版发行: 花山文艺出版社(邮政编码: 050061)
　　　　　(河北省石家庄市友谊北大街 330 号)
销售热线: 0311-88643221
传　　真: 0311-88643234
印　　刷: 永清县晔盛亚胶印有限公司
经　　销: 新华书店
开　　本: 710 × 1000　1/16
字　　数: 110 千字
印　　张: 9
版　　次: 2013 年 7 月第 1 版
　　　　　2021 年 6 月第 2 次印刷
书　　号: ISBN 978-7-5511-1691-6
定　　价: 32.00 元

目录 CONTENTS

第一辑　那年夏天的知了

第二辑　少年往事

CONTENTS

第三辑　雪是可以忘记的

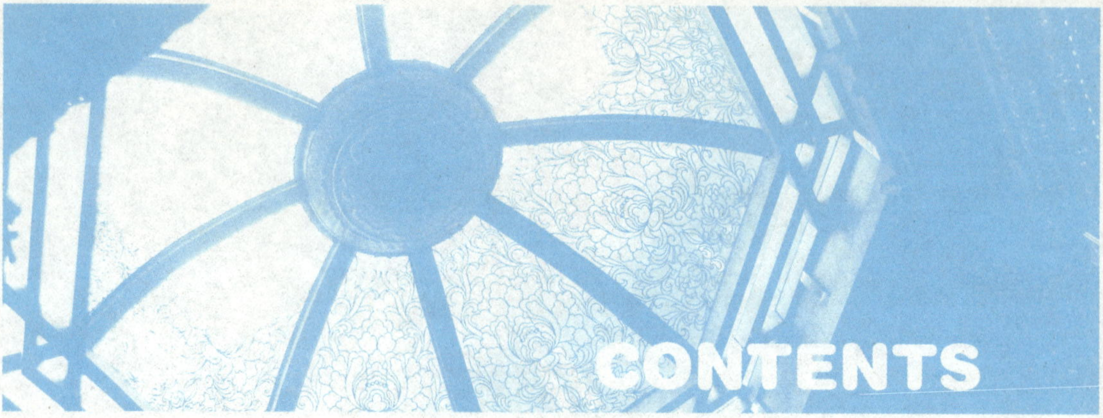

第四辑　毕业后我们来看你

第一辑 那年夏天的知了

暖冬

这个冬天有点儿冷。

土根离开乡下到城里，原本是投奔老乡的。

家里穷，土根只带了出来的路费，原本是准备赚了钱再回去的，可城里太大了，写有老乡地址的纸条也找不到了。

眼见天快要黑了，土根是又冷又累又饿。土根很沮丧，沮丧得直想哭，可哭又能解决啥问题呢？

土根想了很多办法，但眼前又该怎么办呢？

正沮丧间，一部公共汽车“刷”地一下停下，土根身边一群男男女女拥上了车。土根一下来了主意——可以顺手牵羊偷点儿钱。虽然并不可取，但土根也是无奈啊。

土根就跟着上了车。

城里人看着确实是有钱啊，但看那一身身装束就值几百上千的。车很挤，土根往人群中钻。他好久没换衣服了，显得有些脏，很多人都不自觉地往后躲，还一脸鄙视地看着土根。土根也没在意——本来城里人就看不起乡下人，这很正常。

忽然，车抖了一下，还有一记重重的刹车声。土根的手不自觉地伸了出来，快要伸进身旁一个穿皮夹克的男子口袋中了。

“小伙子，往这边来。”是个老太太的声音。土根吓了一跳，手忙缩了回来。开始土根以为她在喊别人，也没在意，可老太太又喊了他一声。土根看了老太太一眼，看到老太太朝他点了一下头，他才明白，原来是喊自己啊。土根就走了过去。老太太说，小伙子，那边挤，这边比较空一点儿。

土根明白过来，估计老太太是看见了什么。他想起自己将要干的事，不觉脸微微发烫起来。

毕竟是第一次干这事，被老太太一喊，土根就不想再去偷了——要偷至少也得换辆车啊。土根刚想着要下车，忽然看见一只手在人群间游走，然后轻轻伸进一个女人的皮包中。那动作好快啊。土根张大着嘴，看得惊心动魄——这才是专业小偷的技术啊。

土根刚要说什么，就听见女人在喊："我的钱，我的钱包不见了！"然后人群中一阵乱腾。有人往土根身上扑了一下。

没几分钟，车就停在了公安局门口。乘客们一个一个走下车。土根暗自庆幸着还好没偷，不然就完了，这个脸就丢大了。想着，土根就看了老太太一眼，看见老太太也正满是温情地看自己。土根有些不好意思起来。

民警一个一个盘问、搜身，搜到土根面前，边打量边问，叫什么？住哪里？来城里做什么？土根看着早已黑透的那片天，喃喃着，说，来城里打工，还没找到活儿……说着，土根便低下了头。民警们就很戒备地看土根。

民警搜他的身，一下就搜出一个连土根都没见过的红色钱包。那女人突然喊："就是这个钱包，就是他，他就是小偷！"土根看着这个钱包，一下就傻眼了，不知该说什么好了，眼见民警拿出了手铐。

"不是他，"老太太忽然走了过来，"我证明，肯定不是他。"

"那是谁啊？"那女人问。

"是他。"老太太指了指人群中一个穿得蛮时尚的年轻人——咋看咋都不像小偷的样子啊。

"就是他，人群混乱中我看着他把钱包塞在他的口袋中。"老太太说。

年轻人还狡辩，民警把他叫了进去。一会儿，民警出来了，一脸歉意地看着土根，说："对不起，同志，差点儿冤枉你了。"

土根满是不好意思，想说什么，想了想还是没说。

土根和老太太一起走出了公安局。

走出没多远，老太太就朝土根微笑着挥手告别了。土根看着马路间的路灯，正要叹气今晚该如何打发时，手不自觉地伸进口袋，竟然在口袋里摸出两张百元大钞来。

土根顿时想起了什么来，忙朝老太太走的方向看。人却已走远。

土根忽然想起老太太临走前那个微笑。土根心头一暖。

这个冬天似乎没有想象中那么寒冷啊。土根轻轻地吐出一口热气。

和死亡有个约会的人

隆尼无数次地想要去死。

确实，对他来说，生活本身就没有任何意义可言。

工作丢了，颓废的隆尼又迷上了赌博。一赌，就差不多输光了他这些年来仅有的积蓄。妻子抹着泪和他离婚，带着孩子们离开了他。不离开又能怎样，难道陪着他饿死吗？

隆尼又仰头喝完了一口酒。火辣辣的酒气呛得他喉咙阵阵干疼。

这是他最后的一口酒了。

隆尼用最后一点儿钱买了这瓶酒。他已经彻底没钱了。

隆尼想到了死。在妻儿走后，他无数次想到这个结果。

曾无数次地站在马路上，隆尼近乎歇斯底里地大喊："死神，请带我走吧，请把我这个无辜的人带离这个难熬的世界吧！"

当伟岸的死神真实地站在隆尼面前时，他高兴得近乎疯狂了。

死神是没有任何表情的，他的声音注定也是冷冰冰的："隆尼，你真的想死吗？我可以完成你的心愿。”

隆尼快乐地点着头，说：“感谢你，我敬爱的死神！请你马上带我走吧，我一刻都不想留了。”

隆尼跪倒下来，哀求死神：“请您马上带我走吧！”

死神看着这个对人间没有丝毫留恋的人，点着头，却说：“隆尼，我再给你 3 天时间，完成你所有最后的心愿。我想，你一定还是有一些未了的心愿吧。”

隆尼颤抖着，看着死神化作一股烟雾离去。

最后的 3 天期限。隆尼想，干些什么好呢？

隆尼忽然看到桌上摆着的一叠钱，估计是刚才死神留下的，用这些钱，至少可以填饱肚子。

想了想，隆尼还是跑上了开往老家的火车。

年迈的父母一定是愈加苍老了。自从来到这个城市，隆尼有好多年没回去看他们了。

母亲老远就看见了隆尼，忙扔下手中的扫帚迎了上去。一跑近，隆尼就看见母亲脸上挂满的泪水。母亲紧紧拉住隆尼的手，老泪横流，半天说不出一句话来。

母亲颤抖着幸福的声音喊：“老头子，快来啊，咱儿子回来了！”

父亲从门内急急忙忙跑出来，一个不慎，差点儿被门槛绊倒。

隆尼忙去扶，却发现父亲两鬓间的斑白，不由得有些心酸。

在家里住了一晚，第二天一早，隆尼便起身要走。隆尼想起了自己的那些孩子。

父母一直送出他好远，好远。母亲拉住隆尼的手，说：“儿啊，有时间一定多回来看看我们。”

父亲没说话，但隆尼分明看到了他眼角浑浊的泪水在滚动着。

来到妻儿住的地方时，已是下午。

以为儿子、女儿们会对自己有些生疏，但从他们看自己的期盼眼神中，隆尼豁然舒展。儿女们哭着扑向了隆尼，那泪水，浸湿了他的衣角。

前妻抹着泪静静看着，不自觉也走上前，抱住了隆尼。

这一夜，隆尼留下没走。想起即将到来的3天期限，隆尼忽然万般地不舍起来。隆尼彻夜和妻儿们在一起聊天、谈心。当前妻提出复婚要求时，隆尼的泪水终于控制不住了。

当晨曦的阳光穿透整个大地时，隆尼轻轻松开早已熟睡多时的妻儿们。隆尼忽然不想离开这个人间了，他要永远和孩子们在一起。

隆尼想到了一个办法后，就回到了自己居住的小屋。

隆尼去后院的墙角很隐蔽地开挖起一个地下室来。他要藏到那里，躲过死神的追捕。因为3天的期限在今天天黑来临时就将结束。

隆尼不停地挖着，连中饭也顾不得吃。直到气喘吁吁地挖出一个两人大的小洞时，隆尼又忙把院角恢复到原样。一看天即将黑下来了，隆尼终于喘了一口气，然后躲进那个黑咕隆咚的小洞里。

隆尼很自满地张口想乐，可没乐出来。只听见“轰隆”一声，房塌了。隆尼挖洞时破坏了承重墙。隆尼来不及喊一声，就被掩埋了。无声无息。

仇人

魏东要去报一个仇。

魏东刚走出监狱的大门，就咬牙切齿地想去找那个人。

魏东在监狱里待了整整10年。这10年里，魏东几乎每个夜晚都在喊那个人的名字。魏东喊得喉咙都沙哑了。

10年时间，并没能冲淡魏东对那个人的仇恨，反而越积越深。

魏东回到自己以前生活的小城时，已是一大早。

魏东看到了那个自己从前居住的小区。魏东循着楼梯，一步一步拾级而上，边上楼边思索着什么。魏东想起了母亲，那个当自己入狱时哭得伤心欲绝的母亲。魏东只想轻声告诉母亲："妈，我回来了。"伸出要敲门的手突然间却定住了，魏东改变主意了。魏东想先下楼，先去把那个人杀了。

魏东记得，那个人以前最喜欢在这个时间，到附近的公园锻炼。公园里空气好，比较让人感觉舒心。但这次，可能是他最后一次来公园锻炼了。魏东想。

魏东在并不很大的公园里找了一圈，没看见那个人。魏东却发现母亲从自己眼前走过，明明是看见他的，却没和他打招呼。

魏东有些奇怪，忙上前，先在母亲面前打着手势。母亲却还是看不见他，理都不理他。这一刻，魏东顿时明白了什么，鼻子顷刻间变得酸酸的。魏东对那个人的恨，不自觉又加剧了——要不是那个人把自己送进监狱，母亲能这样吗！

魏东的声音有些颤抖，喊："妈，我回来了。"母亲听到声音，忙把手伸张着，摸索着去触摸。魏东忙伸手拉住母亲的手，把手放在自己脸上。母亲的手颤颤巍巍着，说："魏东，是你吗？是我儿魏东吗？"魏东哽咽了，说："妈，对不起，我对不起你。"魏东忍不住号啕大哭起来。

母亲轻轻摸着魏东的头，说："儿啊，别哭了，回来就好，回来就好啊。"

哭了半天，魏东问："那个人呢？"

母亲却没回答，似乎没听见一般，自顾自地问："儿啊，在监狱的生活，都还习惯吗？"

魏东苦笑着说："妈，待了10年，我不习惯也得习惯啊！"

母亲还问了很多魏东在监狱里的事，母亲问一句，魏东回答一句。魏东搀扶着母亲，边走母亲边问，魏东憋在嘴边的那一句，总是来不及说。

等到了家，关上了门。

魏东再也忍不住了。魏东有些愤愤地说："妈，那个人呢？那个把我亲手送进监狱的人呢？"

母亲听着，却没说话。

半天，母亲说："儿啊，告诉妈，你真那么恨那个人吗？"

魏东说："妈，你告诉我那个人在哪儿，我一定要杀了他，要不是他，我也不会进监狱的。"

母亲听完，却不住地摇头。

母亲忽然叹了口气，说："儿啊，其实你不该恨那个人啊。"母亲说完，抹了眼角浑浊的泪水，手在屋角的书柜处摸索了一阵。母亲摸出了一张发黄的报纸。

母亲把报纸递给魏东。

魏东满是不解地接过报纸，刚把报纸摊开，就看见一个触目惊心的标题：贵公子恶意杀人，被判死刑。

魏东看那贵公子的名字，顿时让他差点瘫倒在地。魏东入狱前，是和那贵公子在一起混的，两个人一起参与了盗窃，本来是都要入狱的，但贵公子家有钱，随便找了个人就给顶替了。如果魏东没入狱，可能判死刑的也有他的名字。

顿然间，魏东明白了什么。

魏东愣了半天，忽然问母亲："那个人呢？"

母亲说："你还要杀他吗？"

魏东不吭声了。

母亲说："你扶我进里屋吧。"

一进里屋，魏东就看见了那个人，那个人分明在朝着他看，眼睛一眨不眨。

母亲说：“其实那个人也不想你入狱的，但你不入狱，只会让你越陷越深。你入狱，你以为那个人不痛苦吗？那个人只希望你出狱后能好好做人……”

母亲哽咽了。

魏东的鼻子也酸酸的，眼前分明有些模糊。

“畜生，还不跪下！”母亲突然呵斥道。

朝着挂在墙上的那个人的头像，魏东瞬间跪倒，满是悲怆地喊：“爸……”

秋天的收获

在这个秋天来临的时候，我告诉自己，不能再挑肥拣瘦了。现在的唯一选择，就是尽快把自己推销出去。

在夏天之前，我失去了我的工作。我花了整整3个月的时间，投了无数份简历，也参加了无数场面试，可依然没有找到适合我的工作。

在这3个月的时间里，我几乎花光了所有的积蓄和残存的那点儿耐性。我告诉自己，不能再坐以待毙了。

我的眼前只剩下苟延残喘的两个字：生存。

我在3天的时间内找到了一份工作，是替一个包工头做现场管理，带领一大帮子民工去给老板干活。这样的工作一抓一大把，也一直是为我所不屑的。我总觉得这样的工作会埋没了自己。但目前，它至少能解决我即将挨饿的现实问题。

工资不高，没有休息日，每天工作10个小时，一个月工资

1800块。加班费另算，一小时6块。我还必须要随民工一起睡在工地上，便于上下班及时安排和调度。

每天一早5点刚过，房间里早早起床的民工嘈杂的说话声、咳嗽声会准时把我吵醒。我会在床上多躺一会儿，梳理下每一天该干哪些活。

6点15分，我们会准时出发。6点半前我们要到达工地，从住所到工地约有七八分钟的路程。

我的职务明着是现场管理，其实也包括了很多其他的事情，包括现场放样员、资料员、安全员、施工员、技术员……偶尔也会充当几回项目经理的角色。

我所在的工地是老板承接的一个万余平方米的绿化工程。老板手下没什么固定的人，除了一个挂名项目经理、一个技术员及一个驾驶员之外，就只有我。

我们这个工程是整个绿化项目的一小块，属于总包忙不过来、留给我们啃的一块硬骨头。泥土下埋有电缆，不宜用挖掘机进行深翻，而且土质也不好，都是些淤泥土，或是些垃圾渣土，根本不适合树木种植，施工难度非常大。

项目经理是基本不来的，我只是在工程刚开工时见过他一次；技术员偶尔会来，但更多的时候，来了就不动弹了，只是一个人坐在工地一角，抽一根烟，等我想找他的时候，只能看到地上那一大堆烟头，人却不见了。驾驶员是每天都要来的，会给我送些工程必备的东西，比如汽油、铁锹、绳索等等。

我托总包方的人找来了这块工地的原始电缆图纸，在那一个个极其细微的地方找到了电缆的所有分布。我花了整整两天时间确定了电缆所有的现场位置。电缆太多了，原先用来确定位置的木棍根本不够用，我又派民工折了许多来。

我用了一个多星期的时间把土壤问题全部解决。

下一步是现场放样，施工种绿化。

因为白天送树的卡车是不宜上马路的，只能在晚上送，所以运树车一般都是快天亮时到。每天都是苗车一到，不管什么时间，我都会忙不迭地往工地上赶，然后一棵一棵地丈量树木的胸径尺寸，目测树木冠幅的圆整性，不到规格的坚决不予接收。

老板是很少来工地的。我倒是经常能见到那个总包老总，但我一直不知道他姓甚名谁，只听说这个老总是个很了不起的人物，年轻时白手起家，凭着那么多年的努力，才走到今天这一步。

最初见到那个总包老板，我朝他笑。他只是看了看我，没有任何其他的反应。

在工地上碰到的次数多了，特别是当我把土壤改良的计划书给他后，他已经会朝我点头了。

整个工程的施工期是3个月。我带着那批民工，提前10天完成了整个工程，就连总包老总带着技术部及项目部的人员来工地验收时，也为我超高的苗木成活率而连连赞叹。

我们的老板也来了，却只是朝他们点头哈腰递着烟，没有朝我多看一眼。

工程结束后的庆功宴上，老板、总包老板和总包其他一些领导坐上了第一桌，项目经理、技术员和总包其他一些技术人员坐在第二桌，而我和司机还有其他一些闲职人员坐在了末桌。

我能听到老板、项目经理他们大声说话、大声喝酒的声音。

老板在不停地向大家敬着酒。

我还看到老板和总包老总一起站了起来。老板给第二桌的项目经理敬着酒，总包老总却跳开了第二桌，径直朝我走来，并且在我面前端起了酒杯。

我看得有些傻眼了，甚至都忘了去拿起我的酒杯。

总包老总在老板愕然的眼神中拍了拍我的肩膀，说：“年轻人，干得很不错嘛。”

总包老总还说，以后有需要，随时来隆鑫公司找我。说着，还递给我一张名片。我看着那张名片，愣了半天。总包老总竟然是隆鑫的总经理。

隆鑫公司是这个城市最大的绿化公司，我曾投过无数次简历，却始终杳无音信。

那年夏天的知了

那个夏天，是我生命中最黑暗的一个夏天。

当我信心满满地想在公司做出一番大事业时，却被突然告知，我被解雇了。面对这突如其来的打击，我忽然有一种要崩溃的感觉。但事已至此，我捏着公司补偿的一个月的违约金，有种欲哭无泪的感觉。

开始的几天我是茫然的。我试着向几家早就心仪的公司投去了简历，谁知道投出去后就再没有任何的回音。

我明白，这样坐以待毙是不行的。我上了招聘网，将我的简历海一样地投了出去。这样海投的效果还是明显的，很快我就接到了一家公司的电话，让我去面试。

去了才知道，那是一家广告公司。我通过了面试，被告知下周一来上班。我的职务是业务推广员。我知道，所谓的业务推广就是推销员，是属于被保安、门卫像苍蝇一样赶的职业。这样的职业一直是我所不屑的。

要不要去呢？我犹豫着。直到周日晚上，我才决定下来——去。即便不成功，也算是一种尝试吧。

周一，我和一群同期进入的新员工接受了领导的培训。领导说了我们的待遇，底薪 800 块加业务提成。也就是说，如果一个业务完不成，就只能拿 800 块钱。

我听着，甚至有些灰心了。就这么点儿钱，根本不够我花的。我从没做过推销，而且依我的性格，推销并不适合我。我想好了，每天早上报个到，然后就回家睡大觉，结了这个月的工资，就等着被公司开除了。

那个夏天确实是热，热到若不开空调都没办法待在房间里。连着这么混了半个月，我一个客户都没约到，自然没签到单。那一天和往常一样，10 点就开完了例会，我背着包又装作要出门跑业务了。一个同事突然拉住我，说一起走。我推托着说："我一会儿还要去一个地方。"同事却说："没事，我陪你一起吧。"

我实在推不了，便只好同他一起走了。夏天的街真的是热浪滚滚，没走几步路，我就有些熬不住了。反观那个同事，尽管脸晒得黑黑的，却显得很有精神。我知道这个同事，他连续几个月签约量都在全公司排第一，是个绝对的牛人。可他的长相看上去有 40 多岁了，其貌不扬，尽管穿着西装又打着领带，却总让人感觉土里土气。我有些无法理解，就他这么一副尊容，居然能跑出那么多的业务来。

同事似乎察觉了我在看他，不由朝我轻轻笑了笑，然后向我伸出了手，说："重新认识一下吧，我叫王新根。"我有些不好意思地笑了，笑着握住他的手，脑子里却在想：怪不得那么土气啊，连名字都那么土。

王新根似乎看出我的心思，问我："是不是觉得我的名字和长相一样，都特别老土呢？"

我忙摇头，否认着。

王新根朝我淡淡一笑，说："知道吗，我被无数公司拒绝过，甚至来这个公司，我也没通过面试。我应聘的是推广经理。我请他们把我留下，我甚至可以不要底薪。我只想证明自己给他们看。"

我大吃一惊。

同事接着说："我的长相给了我许多无形的阻碍，但我一直把它当作挑战和鞭策。我用更多的时间和努力来完成我的目标。而现在，我都做到了。从下个月开始，我就是推广经理了。"

我听着，愣了好久。

王新根还说："知道吗，这个月，总经理还给了我一个任务，让我自己找有潜力的同事下个月进入我的新推广部，我第一个就想找你加入。"

我苦笑。我甚至想告诉他，我这半个月根本就没跑过客户。

王新根却笑着说了一句令我瞠目结舌的话："我明白，你今天不是去跑业务，而是要回家。"

同事指了指那树上不停叫唤着的知了，说："其实大家都讨厌知了那无休无止的叫声，那叫声甚至让人听着心烦。可知了却还是不停不歇地去叫，其实，这叫，就是知了的一种坚持。做人，其实也贵在坚持。"

那一刻，给我的震撼太大了。我的心头突然涌出了异样的勇气。而这勇气，是我从未有过的。我忽然有了一种试一试的冲动。

那个夏天，我的皮肤被晒得黑黑的。我甚至还被晒脱了3次皮。

我不止一次遭到白眼，甚至被人赶出门去。我毫不气馁，我放下了所有的包袱和顾虑。我的眼前只有那不停叫唤的知了。

我的坚持有了令人振奋的结果。我们那个新成立的推广部签约量不可思议地遥遥领先于另外几个经验丰富的推广部。

我当月的工资破万。

我永远感谢那只知了。

笔下盛开的鲜花

我不是第一次看到那个女人了。

我楼下的马路边，经常是摊贩林立，特别是在每天下午四五点时，把整条马路差不多都给占了。一瞅见城管来，摊贩们就四散而逃。

唯有这个女人，她不逃。

女人年近中年，全身衣衫褴褛，腿脚似乎有些不灵便，天天跪倒在地上，然后拿起手上的粉笔，在地上写满了粉笔字，意思大致是说她漂泊至此，没钱了，又找不到工作，希望大家能发点儿善心，给点儿钱。女人的身旁，永远都有一个豁了无数边角的破洋瓷碗，碗里扔着零星的几枚钱币。不过，女人的那些粉笔字写得还真不错，一笔一画，都是那般工整，又是那么的铿锵有力。我不由地多看了几眼。

城管来时，随地乱摆摊是要被没收的。城管没收了女人唯一的东西——那只破洋瓷碗。女人不像别的摆摊人那样因此大呼小叫着。女人不说话，只是拿眼一直瞅着城管。然后，在城管往前走时，女人也站起身，一瘸一拐地跟在城管身后，城管走到哪里，女人就跟到哪里。城管要上旁边的车时，女人也要上车。城管赶紧把门关死，女人就拉住车门把，死也不松手。

这样一来，城管也拿她没办法了。看得出来，女人是个可怜人。可即便再可怜，也不能不管啊，而且，女人老那么跪在地上朝人乞讨，也着实有碍市容。有居民因此投诉了多次，城管也直摇头，说："又不能骂她打她，你叫我们怎么办啊。"

一次，我在小区附近散步，无意间看到女人就住在附近一个废弃的桥头下，一堆又脏又黑的被子，还有女人一副蓬头垢面的样子，让人一见就觉心酸不已。

我常去小区的居委办公室玩，和居委主任也相熟。居委主任也正为女人这事发愁，虽然女人的事不归居委管，但女人毕竟是在小区门口乞讨，而城管又管不了。过几天区领导就要来小区视察环境了，如果让他们在门口看到那个乞讨的女人，总是不大好。

我忽然看到小区外黑板上那些歪歪扭扭的字，想起女人那些工整的字来。

我问主任："我看那女人粉笔字写得相当不错，能不能把她招来做临时工呢？"

主任想了想，说："那也好，正好我们刚有一个人退休。"

我还说了女人睡桥洞的事。主任说："小区内有几间闲置的工具房，虽然面积不大，但也可以睡人，要不，我给她安排一间试试！"

于是我去找了女人。女人一嘴的外地口音，但能听懂我的普通话。听到可以干活，还能有地方睡，还有钱可以拿，女人差点儿要朝我磕头。我拉住她，告诉她，不用磕，你如果能干好，比做什么都强。

女人就被安排去了居委。

接下去一段时间，我因为工作也有些忙了，去居委办公室坐坐的时间就少了些。

有时我匆匆路过小区黑板报，能看到上面一笔一画工整而又铿锵有力的粉笔字。我知道，女人一定干得不错。偶尔，我也能看到女人，女人一看到我，总不自觉地流露出一脸的感激。我朝她笑笑，算是鼓励。

再次见到女人，是在全区各小区黑板报比赛上。我是陪居委主任一起去的。女人代表我们小区参加这个比赛。女人的字一如从前那般铿锵有力，甚至比以前圆润多了。

结果很让人欣慰，女人居然以绝对优势夺得了冠军。

站在冠军领奖台前，女人的眼里早已泪光闪闪。

捧着金光闪闪的冠军奖杯，女人突然冲下了奖台。

女人冲到我面前，朝我深深地鞠了一个躬，说：“谢谢您。”

女人还是操着一嘴生涩的外地口音，可那一刻，我完全听懂了。我的眼前，也瞬间一片模糊。

误 诊

是个意外。

小刘开车送小李去体检。到医院门口，小李下车，回头又问小刘：“反正你也要等我，要不咱们一起去体检吧。”

小刘摇头，说：“我可不去，我健康着呢。我七八年没体检了，不也好好的。”小李一听小刘七八年没体检过，更坚持着要拉小刘去。小刘被拽着实在没辙，只好点头：“去就去吧。”

一检查，医生的面色顿时就变了。医生很认真地对小刘说：“刘先生，你能让你的家属来一趟吗？”

站在一旁的小李顿时大吃一惊，小刘更是像傻子一样目瞪口呆，好半天没说一句话。

小李忙拉过医生，问：“到底怎么样？”医生只叹气，然后直摇头，说：“把家属叫来吧。”

小刘苦笑着看着医生说：“医生，你把什么问题都告诉我吧，我爸妈都过世了，我也没结过婚，无牵无挂。”医生又看小李。小李直点头，说：“医生，你说吧，我是他的好朋友。”医生想了想，苦笑着说，要是早来，早发现就好了。是癌，已经扩散了，晚期。医生摊开那张X线片，边看边摇头。

“医生，还有救吗？”小刘的神色变得很惨淡。

医生摇头，说：“大概还有3个月的时间，您有什么未了的心愿，就尽力去做吧。”

小刘整个人顿时就有些摇摇欲坠了，这个样子是不能开车了，甚至连走路都有些摇摇晃晃的。小李拿过钥匙去开车，把车停在医院门口，又去找小刘，找了半天，却找不到。最后终于找到了瘫软着坐在卫生间马桶上的小刘。他整个人真的是垮了。

车是小李开回去的。

小刘坐在副驾驶座上一直苦笑着，医生那句话似乎还在耳边。原本下月1号小刘就要结婚了，连新房都买好，就差入住了。如果没有这次的检查结果，等待小刘的该是一个多么美好的未来。

小刘回家第一件事就是和女朋友取消婚约。看着女朋友痛哭流涕的样子，小刘心里如刀割似的痛。小刘咬咬牙，又把车、房都转卖了。

既然只有3个月的时间，小刘就把所有的钱都凑起来，打算好好去玩玩，把那些未了的心愿一个一个都了了。小刘先去北京，他长这么大，还没去过天安门呢。

小刘让自己尽量变得快乐起来。

以前，小刘是个非常节约的人。而现在，钱对小刘已经并不重要了。

小刘花了一个半月时间把全国各地旅游了一番，又花了一个多月跑了一趟欧洲，还去了美洲。本来小刘还想去非洲的，可别人都说，非洲没什么好玩的。

回来时，小刘带去的几十万还剩万把块钱了。眼见3个月的时间快到了，小刘又把10000块钱捐给了慈善机构，自己只留了千把块钱。

小刘以为自己会有一些症状反应，可是，什么也没有。3

个月已到，小刘却还活得好好的，而且感觉自己还是蛮有精神的。小刘就很奇怪，他跑去一家医院复诊。复诊结果下来，小刘傻眼了，居然什么病也没有。

天哪！小刘这下发愁了，自己居然没病，可是自己现在是什么也没有了啊。

越想，小刘越愁。

小刘去找女朋友，却被告知，女朋友一个月前就嫁人了。回自己公司，老总向他说抱歉，职务已安排别人填补了。

最后，小刘只好去找小李帮忙。可小李出差有半个多月了，据说还得有一个多月才能回来。

想着从前的一切，小刘悔啊。

小刘整天满心懊恼地活着。有一天，小刘忽然觉得心窝处有阵阵发疼，忙去医院看。

诊断下来，医生又是一脸凝重。

医生认真而郑重地说："叫家属来吧！"

小刘忽然哈哈大笑，说："医生，请您别逗我了。"

医生满是奇怪地看着小刘，走上前，撩起小刘的上衣，按着他身上的一个一个穴位，小刘居然不停地喊"疼，疼啊"。小刘的面色渐渐凝重了，冷汗也不自觉下来了。

小刘问："癌症是不是会自然好转呢？"

医生忽然笑了，反问小刘，说："你觉得鸡蛋会变成鸭蛋吗？"

小刘找来上次拍的X线片，说："医生，这是我上次拍的，不是好了吗？"

医生很认真地看了下片子，说："你们受骗了吧。上面哪有什么癌症的迹象啊。"

医生似乎想起了什么似的，问："以前是不是赵光明医生给你看的啊？"医生说着，随手拿过一本医院的通报本，上面贴了那个医生的照片。

小刘一看，天哪，这不就是上次那个医生吗，害人不浅啊！

医生苦笑着说，谁知道他从哪里搞了张假文凭来，听说是一个什么未来商贸公司给他弄的。

小刘说不出话了。他生病前就一直在这个公司做着，暗地里销售假文凭。

怪不得小刘老觉得当时那个医生有些眼熟。

想着想着，小刘不知啥时候已经晕了过去。

爷爷的缸

爷爷有一只缸，一只很大很大的缸。

爷爷的缸，放在他的房间里，像藏宝贝一样藏着。

有时我好奇，忍不住想去摸一下，爷爷就会大喊："别碰！"我被吓了一跳，一张小脸顿时涨得通红。

自从老师在课上讲了《司马光砸缸》的故事，那只缸一下子就被我注意上了。原来缸里藏着个小朋友啊。

时不时地，我会跑到爷爷的房间，去瞅一眼那缸。

当然，我只是远远地瞅。

因为，爷爷就像一个警卫一样时刻保卫着他的缸。

不过，我的好奇心让我不觉得害怕了。

我的口袋里塞了一块碎砖。

我想证实一下，这个缸里究竟是不是有小朋友？

可是，我没有机会。爷爷似乎早已窥探出我的心思。

爷爷没给我这个砸缸的机会。

不过，机会是需要慢慢等待的。

有一天，真的让我等到了。村里的刘老头把爷爷叫走了，说是去下棋。

爷爷走了，房门也紧闭着。我知道爷爷把钥匙放在高高的橱顶上。我人矮，搬了张凳子，颤巍巍地扶着橱边慢慢爬了上去。

我伸着手找了半天，终于找到了那把钥匙。

我兴高采烈地爬下来，可当我回过头时，居然看到爷爷正一脸严肃地站在我面前。

我吓得不轻，钥匙也被我满是慌张地掉在地上，一起掉下的还有我口袋里的那块碎砖。

爷爷看了我一眼，又看着那块碎砖，没说什么。

爷爷捡起了钥匙，打开了房门。

爷爷对着那个缸，给我讲了个故事。

爷爷说了个自然灾害时的故事，那个缸是他们的救命恩人，缸里储藏着的粮食，养活了爷爷、奶奶还有爸爸、叔叔、姑姑。那时的他们全凭着一天一顿能当镜子照的稀粥，就是那么硬撑着活下来的……

爷爷边说边抹着泪。

我听着却有些犯困，听着听着还走了神。我想起了中午那碗饭，爸偏要我吃掉，我不吃掉，他就要揍我。我忽然想，那时的孩子，应该是幸福的，不用吃那么多。我还想起有一次因为没吃完饭挨的巴掌。想着想着，我有些委屈地落了泪。

爷爷看我落泪居然显得很高兴，他拍着我的脑袋，还夸我：“好孩子……”

我忽然想偷笑。爷爷真傻。

走出爷爷的房门。我笑了。

我可并没放弃要去砸那个缸。

我更搞不懂，爷爷为啥要抹泪呢？搞不懂我就不想。

爷爷似乎放松了对我的警惕。

有一天，爷爷去镇上了。我很轻易地闯进爷爷的屋，然后，拿起口袋里藏的碎砖，狠狠地砸向了那个缸。

我敲了好几下，缸碎了。我却没看到缸里的小朋友。

我忽然有种受骗的感觉——原来老师是在骗我啊！

缸已经碎了。爷爷回来非打我不可。

我扔了碎砖，坐在爷爷房间里哭。

爷爷回来时，我还在哭。我的眼睛哭得都有些红了。我哭着告诉爷爷，是我不小心碰碎的，我不是故意的。

爷爷看了我一眼，并没有责怪我。爷爷只是叹了口气。

一个女孩的风花雪月

女孩上初一了。初一的女孩正处于风花雪月、充满幻想的年龄。

那一天，女孩如往常一样回了家，发现家里还是空空的，爸没回，妈也没回。女孩想找点儿东西吃、找点儿水喝，可锅是空的，水也是凉的。没奈何，女孩只好打开冰箱，可冰箱里也是空空的。女孩闷闷地关上了冰箱门。

女孩拨通了爸的电话，听见了一声“喂”，然后爸告诉她，他正在忙，有事找你妈吧。然后，电话就给挂了。女孩又拨通了妈的电话，电话响了半天，却一直没人接。然后，女孩就挂了电话。

挂完电话，女孩出了门。女孩肚子有些饿，口也有些渴了。女孩去了门口的小饭店，又去了不远处的超市。女孩喂饱了自己的肚子，又抱回了满满当当两马甲袋的水和零食。

到家后，女孩坐在客厅的沙发上，打开了电视。当电视调到一个爱情剧时，看着五光十色的画面和金童玉女般的男孩女孩，女孩想起了什么。女孩爬下了沙发，去拿自己的书包，小心地把书包里的书本拿了出来，还从书包里拿出了一封信，一封让女孩脸红的信。

女孩很认真地读着这封信，把自己读得心跳加速。

好半天，女孩终于把信读完了。女孩放下信，又继续看着电视，女孩仿佛看到电视里的女主角就是自己，和电视里的那个男孩一起，在那春光灿烂的天空下自由玩耍。蓦地，女孩发觉自己的脸有些发烫。

女孩从书包里拿出了一叠漂亮的信纸，忽然觉得自己应该也做些什么了。女孩摊开了信纸，在上面写了起来。

写了一会儿，女孩发觉自己并不满意，就把写了一半的信纸撕了下来。女孩继续在另一张信纸上写，如此反复几次，长吁了一口气。女孩终于把信写好了。

当然，女孩也不忘把那几张写废的信纸收拾掉。一切，都似乎处理得很圆满。

之后的一天又一天，只有很少的时间，爸妈是在家的。然后就能听到爸妈不停的争吵声，从责骂到呵斥，这样的声音此起彼伏着。女孩总是掩上自己的耳朵，然后重重地关上自己房间的门。但大部分时间，女孩都是一个人在家的，又会坐在沙发上，然后边打开了电视，边从书包里拿出一封封的信。女孩的信越来越多了。

有一次，是女孩的一个疏忽吧，她不慎将自己写的一封信遗落在沙发上。女孩收拾其他信时，忘了把这封一起收拾进去了。

第二天到家时，女孩走进房子，以为家里没人。以往，家里有人时，还没到家门口，远远地就能听到阵阵激烈的吵架声。

可这次，女孩打开房门，竟意外地看到爸妈很平静地坐在沙发上，都很认真地看着自己。

女孩有些纳闷，没吵没闹，这太阳是从西边出来了吗？爸忽然拍了拍沙发一角，让女孩坐。女孩又看了看妈，就走过去，坐了下来。爸竟一改往日严厉的神色，很温柔地问女孩，最近好不好？学习重不重？女孩更纳闷了，但女孩还是一一回答了爸的问题。接着，爸似乎是开玩笑一样，给女孩讲了个故事，一个关于涩涩的青果的故事。爸还告诉女孩，青果是酸酸的、涩涩的，但如果长熟了，长成红果，就是甜甜的，味美又甘甜。

女孩满是不解地听完爸的故事，然后看向沙发另一边的妈，发现了妈手中的信。那是女孩昨天写的信，还有一个马甲袋——女孩藏在房间内放那些信的马甲袋。女孩有些明白爸妈的反常了，她的脸，不自觉的，就有些发烫起来。

看到妈张了张嘴，女孩以为妈会责骂她。妈平时责骂起她和爸来从来是毫不留情的。可这回，妈居然没有骂她，而是一脸慈爱地摸了摸女孩的头发，居然给女孩讲解起女孩写的信，还给女孩解释着一个个成语——天荒地老、海枯石烂……

最后，爸妈说，他们相信，女孩一定会处理好这一切的。女孩满是忐忑地点着头，然后进了房间。女孩还被允许把那些信一起带回了房间。

第二天、第三天……女孩回家时，总能看到爸妈，或是坐在沙发上看着电视，或是在忙着烧饭，再没有任何的吵架声。当然，女孩也再没在客厅里写信了。女孩还把以前的那些信都扔了。

那一个晚上，女孩在客厅和爸妈聊了会儿天，就进了自己的房间，然后紧紧地关上了门。

女孩从书橱的一个隐蔽角落拿出了一本精美的带锁日记本，很认真地在上面写着：“……自那些信被发现后，爸妈再没吵过了，也能按时回家了。每天一回家，我都能看到爸妈，这样的生活，也正是我所期盼的。看来，把那些信作为道具还是比较成功的……”

头发

这个夏天热得有点儿早了。

在我还没喘过气来时，公司就宣布破产了。受这次国际金融危机影响，公司苦撑了半年多，终于还是支撑不下去了。老板已经看不到了，追债的人天天在公司门口堵他。

财务面无表情地走向我们，喊了我的名字，然后递给我一叠薄薄的纸币。我知道，这是老板最后力所能及拿出的一点钱了。我数也没数，把钱揉成一团塞进口袋，就离开了。

迎接我的，将会是一场异常艰难的旅程。街上有点热，我的头发上都是汗水，我却不想去擦，只想回到我的出租屋。我是这个城市的外来人，没有根基，如同一团浮萍一样，肆意地漂流。我猛地擦了把汗——离房租到期只有一个星期了，身上的钱是远远不够交租金的。

我拿出了一大沓最新的报纸，翻找着上面的招聘启事。我很仔细地看着报纸上的每一个字，甚至连中缝那小小的地方我也不放过。可看下来，似乎并没有适合我的工作。这次金融危机对这个城市的影响比我想象中大得多。往日一整版一整版的招聘启事，而今只剩零零星星一小块一小块了。我有些热。我的头发确实长了点儿，把我的头遮得严严实实。早在一个多月前就该去理发了，可我没钱。公司早在 3 个月前就不发工资了。

电风扇开着，吹出来也是阵阵的热风，让我更觉得热。坐以待毙不是我的性格。我出了门，跑了很多路，希望能在大街上找到适合我的工作。可我跑了一条又一条的马路，除了在火辣辣的太阳下跑出满头满脸的汗，其他就什么都没有了。

我连着跑了 3 天，花掉了身上那沓薄薄的钱的一半。那点儿钱根本不够我在这个城市生活。回到出租屋时，我有些绝望了。我不知道，我的下一步该干什么。

夏日的夜依然异常燥热，一丝风也没有。我从出租屋往楼下看时，就远远看到那一间杂货店，店门口人头攒动着。我知道那家店，店主的经营很有一套，以致生意一直很不错。

一个念头忽然跳了出来，于是我下了楼，径直跑了过去。店主是个 50 多岁的老头了，这家店一直要开到很晚，晚到街上已经没有了行人。我在杂货店转了一圈，第二天，我又转了一圈。连着转了两天，那家店在什么位置放什么东西，我早已了然于胸，心里也慢慢有底了。

那个晚上，我看好了时间下去。我已经整理好我所有的包袱，随时都可以离开这个城市。我下楼时，老头正准备打烊，见我来了，居然笑着告诉我："正想找你呢，你可就来了。"我愣了，手甚至有些颤抖。他知道我会来？那……我忙看向门外，没警察啊。我的手不自觉地按到腰间那冰凉的物体上。

老头却自顾自地说："其实啊，我这几天看你都闲着没事，整天在这里那里瞎转悠。你看啊，我老了，这里生意又不错，一个人还真忙不过来，所以，我想请你来这里干活，你看……"

我彻底懵了，找我干活？我手一哆嗦，腰间那刺眼的光亮在一声刺耳的"咣当"声中轻轻滑落在地。老头却没看见般，只是问我："你看，我一个月给你 2000 块钱，每天工作 10 小时，每星期给你一天歇班，明天就开始上班，你看行吗？”

“那，”我问，“那你能先预支给我500块钱吗？”

“可以啊。”老头说话间就打开了那熟悉的钱柜，点了500块钱递给我。

我想不到老头这么爽快，看着那钱，我竟不知道该不该去接了。

老头突然深深地看了我一眼，说：“小伙子，人没钱不可怕，可怕的是没了自由丢了命啊。”老头的话有些意味深长。

我猛然一惊，半天没回过神。

老头看了看墙上挂的钟，说：“小伙子，赶紧拿着吧。拿完，帮我一起拉外面的闸门。我老了，有时候真是拉不动了。”

我重重地点了点头，帮老头一起拉下了那重重的闸门。

我回了出租屋。

就在刚才，我向老头请了半天的假。

明天一早，我要去理一个发。

从明天起，将是一个新的开始，一切，都要从头开始。

刘强的天空

当一辆车急速地向刘强驶来时，他知道自己完了。

接下去是刺耳的刹车声，还有刘强全身钻心似的疼。再然后，他就昏死了过去。

醒来时，刘强觉得自己是到了天堂，眼前都是白茫茫的一片，白茫茫的天花板，白茫茫的墙壁。刘强还看见了白衣白帽的小护士，正微笑着看着他。刘强愣了，我还活着？刘强依稀记得那时的一切，他一蹦一跳地去马路中间帮妹妹捡玩具，走得太急了，都来不及发现绿灯已经悄然转成了红灯。然后刘强就看到飞驰而来的车，再然后他就没有任何知觉了。

护士找来了刘强的爸妈。刘强看到了爸妈脸上的憔悴，他支撑着想从床上坐起来，可两只脚的位置，居然空空一片。刘强明白了什么，他看向爸妈，就看到了父亲脸上的无奈，还有母亲眼角渗出的泪。“妈妈，我的腿？”刘强慌了，刘强眼中溢满了泪，他才 11 岁啊！

父亲上前拍了拍刘强的肩膀，说：“坚强点儿，孩子，没什么过不去的坎。”

刘强猛地哭了。他哭得很响亮，哭声让人听着揪心。

可生活还是要继续的。

几个月后，刘强出院了。刘强又上了学，但他不能像以前一样步行着去上学了。每天，父亲都会亲自推着他去上学。一路上，刘强看着一蹦一跳的那些伙伴们快乐地走着，想起了他的从前，每看到一次，刘强就忍不住去抹一次眼泪。

刘强以前的学习成绩一直很好，可现在，刘强已经没有心思去学习了，他整天坐在教室里恍恍惚惚的。刘强想，一个没有双腿的人，学习得再好，又能有什么用呢？

刘强每天自暴自弃着，饭也不好好吃，甚至不吃。刘强觉得他已经失去了生命的真正意义，如同行尸走肉一般。

有一天，班上转来一个乡下学生。这个同学整天穿着打满补丁的衣服，说着那些土里土气的乡下话，身上还总有那种说不上来的怪味。所有的同学都不理他，刘强也不想理他。可刘强没有选择，大家都出去玩了，只有那个乡下学生还躲在教室里，陪着刘强看书。

刘强知道乡下同学学习好，每次都能考全班第一。刘强不理解，都这么好的成绩了，还有必要再那么努力吗？刘强说了他的疑惑。乡下同学说：“其实我读书并不是为我自己，我是为我爸妈，因为他们培养我读书真是太不容易了。我要为他们而好好读书，将来好好地孝顺他们。”

乡下同学的话，让刘强震撼。刘强没想到，这个让他一直不屑的乡下同学居然说出了那么有力的话语。在那一刻，刘强想起了爸妈眼中的苦涩。从刘强出车祸至今，刘强再没看到爸妈脸上有过哪怕一丝一毫的笑容。

刘强还想起了妹妹。妹妹眨着她那双满是稚气的眼睛，说：“哥哥，你是为我伤的，将来，即使爸妈不在了，我也会养你一辈子。”

刘强忽然明白，自己已然成为亲人们的负累，应该为他们做些什么。

刘强不再自暴自弃，甚至比从前更努力了。刘强还迷上了绘画。

有一天，他的画在国外的大赛上得了金奖。刘强成功了。

回到国内，刘强的画作在拍卖大会上刷新了一个又一个拍卖纪录。刘强却一直很平静地看着这一切，并且会不时微笑地看着他的亲人们。

有人采访了坐在轮椅上的刘强，问刘强：“如果没有那次车祸让您失去了双腿，您是不是会取得更大的成就呢？”

刘强说：“有可能，但更有可能让我成为这个社会中的一个普通白领，每天为了上班下班而忙忙碌碌。”

说这话时，刘强脸上一直微笑着，笑得很纯净。

第二辑　少年往事

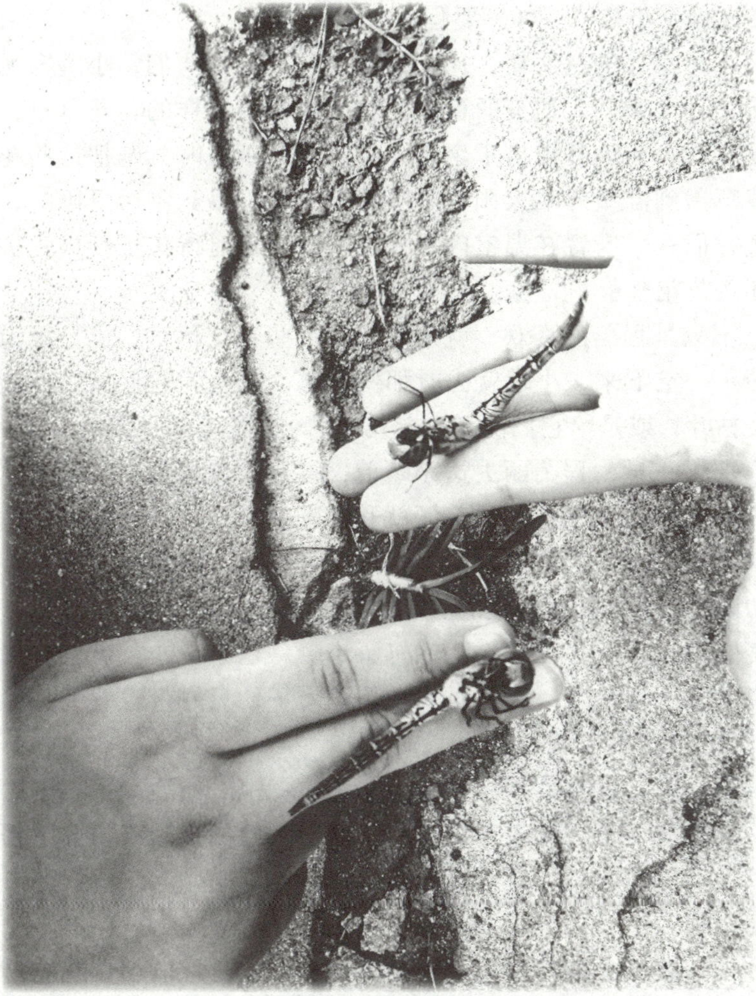

那些花儿

小曦 11 岁了，上的是小学四年级。

学校并不远，别的孩子都是三三两两自己去学校。可唯独小曦还像个小孩子一样，要程美丽每天接送。

小曦家住的是底楼，比起楼上住的那些邻居们，小曦家无疑多了一个天井。程美丽喜欢养花，养各种各样的花花草草，于是就找人在天井里搭了个小型的温室。闲暇时，她把这些花花草草搬到温室外晒太阳，呼吸新鲜空气，碰到刮风下雨时，就把它们一一安置在温室内。程美丽就像是对待孩子一样爱护着那些花花草草。

不只是程美丽喜欢，就连小曦对那些花花草草们也是极为钟情。一空下来，小曦就去看那些花草，或是为它们摘去一些枯枝枯叶，或是给它们浇上一点儿水。小曦总是乐此不疲的。

那天一早，程美丽去送小曦前，接到单位打来的电话，让她最好马上赶到单位。程美丽就和小曦商量："妈有急事，你能不能自己一个人去学校？"小曦死活不肯，随便程美丽怎么去劝说，甚至是许以好吃的、好穿的，小曦还是一个劲地摇头。程美丽真的是火了，忍不住就打了小曦一巴掌。小曦就哭，哭得应天响。到最后，程美丽实在是没辙了，只好带着哭哭啼啼的小曦去了学校。

这一天，程美丽的眉头一直皱得很深，很深很深。

那天的雨来得太过于突然了，就连天气预报也没说要下雨啊，可一场倾盆大雨分明就下了起来，连着雨一起来的，还有呼啸的风。

坐在单位上班的程美丽想到了摆在温室房外的那些花花草

草们，这一场风雨下来，不知又要遭多大的灾啊。

晚上，程美丽带着小曦匆匆回到家，打开天井的门，就看到倒得如人仰马翻样的花花草草们，有断枝断杆的，有些甚至连花盆都碎了。

那些花草断就断了，碎也就碎了，反正也不值什么钱。程美丽最挂心的，还是她那盆君子兰，那可是程美丽学生时代最好的朋友送的啊，代表的是一种最真挚的友情。

可很快，程美丽真的是失望了。那盆君子兰，居然被整体折断了。程美丽还没流泪，就隐约听到了小曦的哭声。程美丽想起来了，这盆花，也是小曦最喜欢的啊。程美丽反而劝起小曦来，说，小曦乖，别哭。

原本，程美丽是想把那盆折了的君子兰扔掉的，可想想，还是不舍得，就把那盆君子兰，连着花盆一起扔在了天井的角落处，也就不加理睬了。

转眼又到了一年春天，天气也慢慢暖和了起来。

小曦还是每天都要程美丽送她。程美丽想，什么时候能熬到头呢，这孩子，咋就真长不大呢？

一天，程美丽在天井里整理着花草，忽然发觉角落里开出了几朵绚丽的花儿，跑过去拨开一看，居然是那盆君子兰。程美丽顿时愣住了。她无法想象，这株断了的君子兰，怎么会重新生长呢，看上去，还比以前长得更为粗壮了些，那花儿，似乎也比以前绚烂多了。

程美丽忙喊小曦过来看。小曦听到声音，跑来一看，也乐了，连声喊着：“太好了，太好了！”

小曦问程美丽：“妈妈，为什么这花儿放在温室外，却能比以前长得更好呢？”

看着眼前白白嫩嫩，显得弱不禁风的小曦，程美丽想了想，说：“也许放在温室内，对花儿并不是最好的选择，也许放在屋外，让它真实感受下外面的严寒，会更利于生长。就像你小曦，妈妈是不可能送你一辈子的，你说对吗？”

小曦看着妈妈，似懂非懂地点了点头。

平时到了傍晚，小曦都会乐陶陶地帮着程美丽把那些花花草草们一起搬进温室房内。有时程美丽忘了，小曦总会主动提醒她该搬花了。

可是这天，程美丽没去搬，小曦也没提。

第二天一早，程美丽刚要整理东西，送小曦去学校。

小曦忽然说：“妈妈，今天我想自己去学校。以后，我也想一个人去，行吗？”

程美丽看了小曦一眼，忽然很欣慰地点着头，说：“好啊，好啊！”

抉择

在那一天早上，李勇海就隐隐有一种不祥的预感。

未来的几天，一定会出事。

李勇海怎么也无法想象，那个窟窿会越捅越大，大到已经不是自己所能承担的了。李勇海是一家大型企业的财务主管，也只怪他财迷了心窍，听一个好朋友说最近有只股票会大卖，脑子一热就私自挪用了几百万公款去炒股。原本以为能好好赚一些钱，可在短短一个月内，那只股票就像是一架被击中的飞机一样，一个劲地往下落，直落得李勇海两眼发红。

眼下又是年尾，正是公司每年例行查账的日子，李勇海想着那一笔钱的亏空，虽然账面上已经做得很圆满了，但不怕一万，就怕万一啊。李勇海愁啊。

李勇海也想过跑路，可这路，不是说跑就能跑的啊。

这几天，恰好也是老婆柳如烟分娩的日子，又不能拖着大着肚子的柳如烟一起跑啊。

原本李勇海是不想和柳如烟说的，可想了想，也明白这么大的事，是不能瞒着柳如烟的。李勇海这么一说，柳如烟听着眼泪就下来了。柳如烟其实是个很坚强的女人，可一想到李勇海出了那么大一个事，再坚强的女人，也免不了会伤心落泪的。

柳如烟抚着挺得圆圆的肚子，问李勇海："那你有什么打算？"

李勇海想了想，很认真地看了柳如烟一眼，说："我想跑路，我想带着你一起跑路。"

柳如烟闷了半天，说"勇海，即便要走，也要等我们的孩子生下来，你说是吧？"

"可我怕等不及啊，昨天我就收到通知，这几天查账的人就要来了，一旦查出来，就怕我们走不了了。"李勇海的眼圈隐约有些发红。

柳如烟没说话，只是轻轻抚着挺得圆圆的肚子，一圈又一圈，很温柔地。

李勇海有些犹豫：走吧，一个人走，又有些不甘；留吧，离被查出的日子是越来越近了，真等查出来，就真的走不了了。

要不要等孩子出生后再走呢？李勇海犹豫着，想着这么一个问题。

若见不到初生的孩子一眼，又有些心有不甘。

柳如烟看着在房间里闷闷的、抽得满屋子都是烟味的李勇海，忍不住就皱了眉，说："勇海，再不行，你就自首吧，这样兴许还可以……"

李勇海满脸憔悴地苦笑了下，想说什么，但还是什么也没说。

柳如烟的症状越来越明显了，甚至有了很大的反应。

而李勇海心中的焦虑也越来越重了，因为柳如烟分娩在即，这几天李勇海都请了假，但请假了并不表示李勇海一无所知了，他还是听说负责审核的人进入了财务室，已经在动手核查起今年的账务了。

是到离开的最后时刻了。

可柳如烟的反应更大了，已经是即将分娩的征兆了。李勇海原本是想叫救护车过来的，然后自己就此脱身而去。可……

李勇海想了想，还是咬了咬牙抱起柳如烟，径直去了医院。

站在产房里，李勇海紧紧地握住柳如烟的手，听着柳如烟分娩时近乎歇斯底里的痛苦的声音。李勇海的心分明有一种被揪起来的感觉。旁边的医生不断在叫着："坚持，坚持……用力，用力啊！"柳如烟咬紧牙关，不断努力着……李勇海看向柳如烟时，分明就看到她眼中那坚毅的目光，那目光，似乎是在鼓励着自己，更是在鼓励着李勇海……

最终，随着一个婴儿脆亮的哭声，这一场延续了一天一夜的艰苦"战役"宣告结束了。看着早已身心疲惫的柳如烟，和柳如烟身旁红润的女儿，李勇海很舒心地笑了。

随后，李勇海想了想，就站起了身，到外面拨了个电话。

再回到病房的李勇海显得满脸轻松，他轻轻拍了拍柳如烟的肩膀，又很深情地看了看熟睡中的女儿。

李勇海说："等我回来，好好照顾女儿。"

柳如烟轻轻点了点头。

李勇海深情地看了柳如烟一眼，说："谢谢你，让我做出了最正确的选择。"

门外，沉沉的脚步声近了。

会说话的陶瓷

我早就听说城东那家陶瓷店的老板娘是个很奇怪的女人。

但究竟又奇怪在哪里呢？一问，朋友们都讳莫如深，说：“要不你自己去瞧瞧吧，你会有兴趣的。”

想想，我还真是来兴趣了，我似乎天生对那些稀奇古怪的事情比较感兴趣。二话没说，我问清了那家陶瓷店的位置，就驱车赶了过去。

刚进店门，我就看到了老板娘，一个看上去很不起眼的中年女人，穿着、打扮更是普通。老板娘看到我，说：“要买陶瓷吗？”我点了点头，然后饶有兴致地看着店中那些陶瓷。老板娘在一旁微笑着看我。一切似乎都很正常。

出了陶瓷店，我去找了那些说老板娘奇怪的朋友们，大家微笑地看着我，说：“你没看出任何的异常来吗？”我摇了摇头，说：“没有。”

朋友们呵呵乐着，说：“难道你没听见店里的陶瓷说话吗？”

我一听就愣了，说：“陶瓷会说话？这陶瓷怎么会说话呢？”

我看了看朋友有些戏谑的表情，我心头的疑惑更深了。当然，我更希望能揭开这个谜底，这个老板娘怎么是个奇怪的女人呢？而且，这陶瓷怎么能说话呢？

因为这个原因，几天后，我再次驱车去了那家陶瓷店。

老板娘显然认出了我，说：“欢迎你再来啊。”我也微笑着，尽量让自己表现出对陶瓷有浓厚兴趣的样子。

我耐着性子在店里看了半天的陶瓷，在店的一角坐下来时，我看着老板娘，说出了心中的疑惑。我说：“听说你这里的陶瓷会说话？”话说出口，才觉有些唐突，朋友们戏谑的话语又怎么能当真呢。不过，我意外地看到了老板娘脸上暖暖的笑意，而且，老板娘很认真地点了点头，说："是啊。"说完，老板娘拿过就近的一个陶瓷，轻轻捧起放在耳边，边听边不时点着头，并且，她的嘴巴张着，却没发出任何声音……

这大概就是朋友们所说的奇怪的事吧。我不禁有些发愣。我反复又看了老板娘几眼，看着也不像是不正常啊，可，这陶瓷又怎么能说话呢。

在我发愣的当晌，老板娘已拿了另一个陶瓷递给我，还说："你也听听。"我有些半信半疑地接过陶瓷，照着老板娘的样子放在耳边，可我附耳听了半天，什么也没听到。我有些疑惑地看着老板娘。这女人，是不是真疯了？

寻了个理由，我和老板娘说了再见，然后，我差不多是逃一样跑出陶瓷店的。

我很想继续去把这个谜团给解开，可想想老板娘让我听陶瓷说话的神情，我又有些不大敢去。若是这女人真疯了，那发起疯来，岂不了得？

有一天，当我驱车再经过陶瓷店时，我发现店里站的是另外一个女人。我想了想，停下了车。也许那个老板娘不在，或许这个女人可以解开会说话的陶瓷的谜团。

进了店，老板娘果然不在。女人说老板娘今天有事，她是老板娘的表姐，今天帮她顶一天班。

对着那个女人，我说了我的疑惑。女人很认真地听我说完，面色愈发变得凝重起来。我说："这陶瓷难道真能说话吗？"女人看了我一眼，说："你觉得呢？"

不等我说什么，女人忽然又幽幽然叹了口气，说，我给你讲个故事吧。

有一个极其美满的家庭，父亲忙着工作，母亲相夫教子，儿子上着幼儿园。一天下午，母亲有事脱不开身，就让父亲早点下班去接儿子，父亲答应了，可一忙就忘了时辰。儿子在幼儿园等到天黑都没人来接，就摸索着自己回家。在经过一个十字路口时，儿子横穿马路，一辆疾驰而过的装陶瓷的卡车来不及刹车，为避开儿子，打方向时，车翻了，一整车的陶瓷生生地压在了儿子身上，儿子当场就死了。

后来，伤心欲绝的母亲和父亲离了婚，为了纪念儿子，母亲开了一家陶瓷店……

我静静地听着，隐隐发觉鼻子酸酸的，说："那位母亲就是老板娘？"

女人点了点头，说："是。我表妹把每一个陶瓷都当成她儿子的化身，很多时候，她都会和陶瓷说说话……"

我有些明白了。

记不得那天我是怎么走出陶瓷店的，我只知道我几乎是愤愤地闯入朋友们的地方，再三警告他们，以后不准再拿会说话的陶瓷和老板娘当笑料，不然，咱朋友都没得做！然后，在朋友们的一片惊愕中，我扬长而去。

再一天，我又去了那家陶瓷店，我看到老板娘很安详地坐在店中，耳边放着一个陶瓷，正很认真地听着，并且时不时张开嘴，像是在和陶瓷聊着天。

看见我来，老板娘要和我说话。我把手指放在嘴边，示意她不要说话。

我轻轻上前朝老板娘耳语，说："让我也听听陶瓷的话，好吗？"

然后，我看到老板娘脸上很灿烂的笑容。

少年往事

少年是在那个春日的午后敲开校长室的门的。少年的手中拿了一块椭圆形的石头。

春日午后的阳光暖暖的，但少年的心却是冷的。

校长正在房间里忙着做学校下个阶段的工作计划，就听见门被“砰砰砰”剧烈敲击的声音，声音很大，似乎是被什么重物碰撞而发出的。

校长站起身去开了门。校长看到门外一脸冷峻的少年，和少年手中那块石头。石头的一角尖尖的，在阳光下放射着刺眼的光泽。

校长很自然地看了少年一眼，说：“是你敲的门？”少年点了点头。

校长说：“有事找我？”少年说：“是。”

然后少年就跟着校长进了门。进门后，少年看也没看校长，径直就坐在校长室那张柔软的真皮沙发上，而那块石头，依然还在少年的手中，紧紧握着。

校长微笑着说：“谈谈吧，什么事？”

少年想了想，说：“我有个要求，学校能不能不要把我的成绩单交给我的父母，或者说，这个成绩单上的分数是多少，该由我自己来填……”

校长听完，看了少年一眼，问少年：“你现在读几年级？”

少年说：“初一。”

校长说：“有成绩单吗？给我看看。”少年就从随身携带的书包中拿出了一份成绩单。校长随手翻阅了几页，就看到成绩单上触目惊心的火红的数字。

掩上成绩单，校长浅浅一笑，说：“你觉得我会答应你吗？”

话音刚落，少年的眼神中顿时就放射出骇人的光亮来，那块石头，也被少年攥得更紧了。

但校长对少年的动作的回应依然只是微笑。

片刻后，校长轻轻站起了身，给少年倒了杯水，然后，又给自己办公桌上的茶杯里续了些水。校长坐在少年对面，说：“我可以答应你，但你得先听我给你讲个故事，你再决定你接下去该干什么，可以吗？”

少年满是不解地看了校长一眼，说：“好。”

于是校长就给少年讲了个故事。一个和少年一般大的孩子，因为学习成绩不好，经常是把成绩单一带回家，就招致父母的一顿责打。有一天，孩子真的受不了了。深思熟虑后，在一个有风的晚上，孩子拿着一把小刀敲响了班主任老师的门。

孩子的要求很简单，希望老师能给他加满 60 分。老师很认真地想了想，最后告诉孩子，他可以同意他的要求。但老师也有一个要求，就是希望孩子能考上重点高中。当然，如果孩子做不到，老师就会把孩子这几年真实的成绩单打包寄给他的父母。孩子经过一番考虑后答应了老师的要求……

故事说完了，校长看了少年一眼，说：“怎么样？我可以同意你的要求，但我也希望你能和故事中的少年一样，不过，你觉得你能考上那所重点高中吗？”那所高中，不仅是如少年这样的差生所望尘莫及的，即便是全校成绩优秀的学生，也未必有把握能考上。

校长还说：“当然，如果你考不上，我也会和故事中的老师一样，把你这 3 年所有的考试成绩，全部打包寄给你爸妈。”

校长的话刚说出口，少年着实愣了半晌。少年看到了校长脸上得意的笑。少年看着校长那得意的表情，想放弃又有些不甘心。半天，少年咬了咬牙，说：“好，我答应你。”

于是，这个约定就开始在少年和校长之间进行着。在每个学期期末，少年会把考试成绩单交给校长，由校长负责保管。当然，校长也会交给少年一份空白的成绩单，由少年自己负责填写。

在两年后的夏天来临的时候，拿着那所重点高中录取通知书的少年在校门口堵住了正要出门的校长。

校长微笑着看着少年，说：“我知道你会来找我的。”

少年有些意外，说：“为什么？你知道我会考上？”

“那当然了，”校长笑了，“不然我怎么能做校长呢。”

少年在校长的微笑中从怀里掏出了一个纸包，纸包慢慢摊开，里面是一根针，一根很细很细的针。少年问校长：“你知道这是什么吗？”

校长看了半天，摇了摇头。

少年笑了，说：“难道你不记得当年的那块石头了吗？”少年还朝校长鞠了个躬，说：“校长，谢谢你，是你让我这块石头，在今天，也磨成了一根针。”

少年想了想，又问：“对了，能告诉我那个孩子后来考上那所重点高中了吗？”

校长微笑着说：“我只能告诉你，那个孩子就是我。”

然后，校长继续微笑着看着少年，说：“你还有什么不明白的吗？”

一块棉花糖的力量

李小强是个讨厌的家伙。

在班上，他常会惹出些事来，比如大声叫骂，扔各种各样的东西，再比如打人，甚至会打我。我长得弱小，根本就不是他的对手，三两下间就被他摁在了身下。

同学和老师都不喜欢他。我自然也不例外。

可偏偏，在这次全班重新排座位时，我和他被排在了一起。这样的日子想想就比较难过了，可我又敢怒而不敢言。我想去和老师说，要换座位，可这有用吗？我想想，还是算了。

李小强坐在座位上时，往往会越界，一只手放着放着，就放在了我的桌上。可我又不敢去推，即便不推，他也早就瞪圆眼睛瞧着我了，时不时还向我挥舞他那双强壮的手臂，像是示威，又像是挑衅，瞧我的眼神，也满是不屑。

那天中午，算是个偶然，我吃完中饭，从外面走进教室。当时，离上课时间还有一会儿，教室里的人并不多。

我就看见李小强，一个人有些孤独地坐在座位上，好像是在百无聊赖地翻着一本武打书。我走到座位上，从书包里掏出了两块棉花糖。那时候棉花糖还是个稀罕物呢，可不是想吃就能随随便便吃到的。也不知我那时是怎么想的，我把一块棉花糖塞进了自己的嘴巴，又拿着另一块棉花糖，拍了拍李小强的肩，说：“这颗给你吃。”

我无法形容当时李小强惊愕的表情，但我却能理解李小强当时的心情。也许，臭名昭著的李小强是第一次遇到有人拿着东西主动给他吃，而且，这个人还常常是被他欺负着的。

李小强似乎愣了好久，才接过我递给他的棉花糖，第一次地，李小强很诚恳地看了我一眼，并且是很认真地说了句："谢谢。"

听着那一声谢谢，我也愣住了。由我认识李小强以来，他似乎还是第一次向人说谢谢吧。

其实，我至今都无法理解，为什么我当时会把我所心爱的棉花糖给李小强吃。自己当时到底是怎么想的呢？

自此后，李小强居然就不再欺负我了，李小强的手，也从未再越过他的桌子、伸到我的桌子上。甚至有一次，我在校门口被几个同学欺负时，李小强竟不顾一切地冲了过来，帮我赶跑了他们。

而且，更大的一个变化是，李小强似乎也没以前那般招人讨厌了，已经几乎看不到他再去打人，也很少能听到他叫骂的声音了。

难道这李小强是吃错了什么药吗？为此，很多同学都不理解，为什么一向桀骜不驯的李小强一下子会变得如此温顺呢？难不成我给他吃的那块棉花糖里有什么感化人的魔力吗？

多年之后，我当了一位老师。

在一次班会上，我上台向全班同学讲了这个棉花糖的故事，我教的班上同样也有几个像李小强一样喜欢惹是生非的同学。

我说："其实我当时给李小强棉花糖吃，完全是无意识的。但正因为这看似漫不经心的无意识，却在无形中影响到了一个人。如果我们能多给那些同学一些温暖，哪怕是一点点的，我想，他们都会觉得是无比的温暖。"

我还微笑地问大家："是不是这块棉花糖里真的有什么别样的魔力呢？"

在一片雷鸣般的掌声中，我看到人群中，有几个人的眼眶瞬间闪出亮晶晶的光芒。

有些善，不是不报

在我楼下的车站处，有一个老头摆的修车摊。

因为单位不算远，乘车又不方便，我就时常骑自行车上下班。有时车坏了，我就去老头那儿修，几回下来，也就熟了。

老头是本地人，在工厂辛苦了一辈子，退下来后，在家闲了一段时间，就近摆了个修车的小摊位，并不为赚钱，只为打发些空闲的时间。

和老头熟了，我有时也会上前和他聊上几句。老头总是乐呵呵的，一副气定神闲的样子。

在老头的摊位，打气是免费的，补胎最多就是两块钱。有时没零钱，老头总会摆了摆手说，下回给好了。

一次，我忍不住问老头："会不会有人明明有钱，看你这么慷慨，故意不给呢？"

老头很坦然地继续微笑着。

老头说："一两块钱，又算得了什么呢。有时能帮人一个忙，就胜过那钱无数了。"

我也微笑，点头，说："那也是。"

车站所在的那方圆几百米是一条商业街，因为这里来往的人流较多，还有好几个修车摊位，但唯独老头的摊位上修车的人最多，熙熙攘攘的，一个接着一个。

其他摆摊的人看老头生意那么好，不免有些嫉妒，甚至有人找上了老头。因为在他们那里打气都是要收钱的，每次 5 角，于是那人也要求老头收钱，不然他们生意就没法做了。

老头拒绝了。老头说："这钱，本来就不该收。"

那次拒绝的后果是第二天一早，老头就发现自己的摊位被人掀了，原本自己砌的一小堆砖块被砸了个稀巴烂。有邻居劝老头去报警，或者就听那人的，也收打气费。

老头微笑着听，然后继续摆他的摊。打气钱，照样不收。

几天后，又一个摆摊修车的人找上了门。那是一个蓬头垢面的外地男人，男人的身后，跟着一个四五岁的小孩。小孩眨着他那一双黑又亮的眼睛，很好奇地看着老头。

一到老头的摊位前，男人差点就跪下来恳求老头。因为老头打气免费，还有老头平时或收或不收钱，以至于男人的摊位生意一直不好，他的小孩要吃饭，小孩他妈又卧病在床……

男人的话让老头不禁愣住了，许久，老头的眼角滚落下两颗浑浊的热泪。老头摸了摸孩子的头，说："好可爱的孩子啊。"

第二天，老头的摊位就少了那些修车工具。老头的手里多了一个大大的棋盘，还有一个大袋子，袋子里是一颗一颗晶晶亮的棋子。

在老头原来的摊位处，老头开始摆上了棋。老头微笑着说："修了那么久自行车，也累了、乏了。不修了，就摆摆棋子吧。"

许多以前在老头处修车的人又来修车，看到老头已不修车了，不觉有些遗憾，还有一些想来免费打气的人，更是抱怨连连。

老头只是微笑着告诉他们，要让每个人都活下去啊。

可老头不摆摊了，旁边几家的生意居然没怎么见好。连老头都有些疑惑起来。

事后他才知道，这不仅是因为打气收费，更是因为其他修车摊主恶劣的服务态度，许多老头的老主顾们宁愿多跑些路到别的地方修车，也不愿在这里修。

那些摊主没辙了。大家合计着还是去找上老头，希望老头能带领他们修车。

老头想了想，就答应了他们。

当然，老头不再修车了。老头只是坐在修车摊前，和人下着棋。修车的还是那几个人，大家把修车的摊位摆在了一起。

这样的生意还是不错的。

可是，灾难有时候是从天而降的。

就如同那辆突如其来的卡车，像头疯牛一样冲向了棋摊，和老头一起下棋的人哆嗦着脚，忙窜向一旁。而老头，看到卡车开来的那一刻，惊呆了，傻了眼，都忘了躲开。

居然就是修车摊的几个人，几乎是在千钧一发之际，将老头扑倒，救了老头一命。

事后查明，开车的是一名醉酒驾车的司机。

惊魂未定的老头连连感谢那几个修车人，说：“要不是你们，我这条老命算是交上去了。”

修车人们却连连摇头，再三说：“该说谢谢的人，是我们啊。”

走　火

老霍是在下班前接到那个陌生电话的，电话那端的声音一如那天的天气般冷峻。那个声音冷冷地说了句：“是老霍吗？晚上朝西公园，见个面吧。”

听那声音，似乎是很熟悉的一个人。老霍脑子里迅速转了几转，可一时之间又想不出那人是谁。

“老朋友了，还不记得吗？”那个声音寒意逼人。

“老狼？”老霍脑海中顿时就跳出一个人影来。在18年前，是作为警方卧底的老霍，亲手把老狼送进了监狱，老霍还记得老狼被关进监狱那一刻说的话：“我出来一定会找你的！”

这一天，可终于来了。

18年前，老霍正是意气风发的年纪，骨子里流淌着除暴安良的血液，在那次卧底行动中，老霍击伤了意图顽抗的老狼。

老狼听老霍半天没动静，冷笑着说："怎么样？是不是怕了，不敢来了？"

老霍忽然也笑了，像和老朋友聊天一样，呵呵笑着，说："有什么不敢。对了，你是什么时候出来的？"

老狼却没心思和老霍磨，说："少废话！记住，如果有胆量的话，就一个人来。"

"好，没问题！那我们不见不散了。"老霍微笑着挂了电话。

老霍去公园时，天已经黑了下来。公园里隐约可见的只是那一盏盏稍显暗淡的灯光。

在公园的一角，老霍看到了一个席地而坐的男人，地上还摆了许多酒瓶。老霍走了过去。在朦胧的灯光下，老霍看了男人一眼。这个男人，和18年前的老狼已经天差地别，脸上明显有了老态，看那面容、那眼神，也更冷峻了，充满了沧桑。

老狼朝老霍瞅了一眼，递过去一瓶开好的酒。

老霍一手接过，想了想，说："这些年在里面还好吗？"老狼没说话，只是仰头喝了一口酒，转头看向老霍说："你觉得呢？你要不要试试在里面待个18年是什么滋味？"

老霍摇了摇头，说："出来了，有什么打算？"

老狼没接过老霍的话，自顾自地说："我实在想不到，那么好的一个朋友，居然会朝我开枪，而且一下子就把我送了进去。"

老霍苦笑着说："我们是朋友，但我更是卧底，我不能忘了我的使命啊……"

老狼听着老霍的话，忍不住一阵冷笑，说："你说得那么冠冕堂皇，既然我们是朋友，现在我出来了，你是不是该为我做些什么呢？"

老霍猛地喝了口酒，说："你说吧，我能做的一定尽全力去做，我可以给你钱，给你找工作，给你……”

老狼忽然摇了摇头，然后双眼凛然地看向老霍，冷冷地说：“我想要你的命，你能给吗？”

老霍愣了愣，还想说什么时，老狼忽然快速举拳挥向老霍。情急之下老霍想躲开老狼，发觉腰间似乎被动了一下，然后，随手带的那把枪已经到了老狼手上。

老狼举着枪，已经对准了老霍。

可这时候的老霍，居然笑了。老霍说：“老狼，你放心，我的命可以交给你，但我希望你能听我讲完一个故事后，再杀我，行吗？”

老狼冷冷地看了老霍一眼，说：“好吧，你说。”

“一个小孩，从小就特别崇拜那些持枪警察的威武、勇敢，于是他就悄悄地有了一个愿望：想当一名警察，除暴安良。孩子很努力，有一天，他终于考上了警校。甚至在警校学习时，孩子还想着一枪一个把罪犯都打死。可孩子警校还没毕业，就被选中去做一名卧底，潜入一支犯罪团伙。虽然不能公开警察的身份，但能和罪犯直接周旋，也是挺精彩的。可在犯罪团伙里，孩子居然交上了一个朋友，一个叫老狼的好朋友。他们一直玩得很好，甚至自诩为生死之交。孩子从没忘记自己的使命。在孩子潜入犯罪团伙 5 年后，警方确定了团伙的罪证，实施了抓捕行动。面对负隅顽抗的老狼，孩子始终扣不下枪的扳机。眼看着其他警察马上要赶到了，孩子咬了咬牙，还是扣响了扳机。还好孩子的枪法奇准，子弹打中的是老狼心脏旁边的位置，老狼逃得一死……”

老霍说着，忽然抬起了手指，说：“如果我当年，把枪再移动一点点，你就不会像现在这样站在我面前了。”

老霍边说，边朝老狼做了个持枪扣动扳机的姿势。

虽然老霍的手上并没有枪，可老狼却分明有一种被击毙的感觉……

喝茶

一直以来，赵光明都有喝茶的习惯。

最初是在下面的人的怂恿下尝试着喝，可他似乎就此喝上了瘾，这一喝居然就喝了几十年。

这一喝，也把赵光明从台前喝到了台后。

退休前，别人管赵光明叫赵局，可退下来后，尊敬他一些的，会叫声“赵老”，更多的人都是叫“老赵”。被人“老赵，老赵”地叫着，赵光明心中总觉得有些不是滋味。

以前习惯被人供着，现在退下来了，赵光明还真有些不大习惯。附近的公园他该去的也都去过了，就是那么一些花花草草的，看得都厌了。

一天，赵光明一个人闷闷地坐在家里喝茶，老朋友钱聪明找上了门。钱聪明比赵光明早退两年，退之前，钱聪明也是一任局长。赵光明和钱聪明因为日常公务而相识，又因为都喜好喝茶，彼此就成为难得的好朋友。

钱聪明看赵光明满脸愁容，似乎早已看透一样，呵呵笑着，说:“老赵，是不是退下来不习惯了啊？”赵光明看了钱聪明一眼，“嗯”了一声。

钱聪明拍了拍赵光明的肩膀，忽然叹了口气，说：“其实啊，在两年之前，我有和你现在一样的心情。不过，我们还是要学会给自己找乐子。”钱聪明说着，又指了指赵光明手中的茶，说，“譬如你喝了几十年的茶，你知道这个茶的缘由吗？还有，知道源远流长的茶文化吗？”

赵光明想了想，忽然摇了摇头。

钱聪明就从随身带来的包里掏了几下，然后递给赵光明一张听课证，微笑着说：“这不，我给你报了一个茶文化的课程，你可以去听听。”

赵光明接过听课证，按照上面的听课时间去听课了。

还别说，这茶文化课程赵光明一听就听上了瘾，以前一直只是喝茶，喝各种各样的名贵茶叶，听了课才知道，这茶文化在中国可是有悠久历史的，最早兴起于唐朝，并盛行于宋、明两朝。茶文化包括茶叶品评技法、艺术操作手段的鉴赏、品茗美好环境的领略等整个品茶过程的美好意境。其过程体现形式和精神的相互统一，是饮茶活动中形成的文化现象。

有事没事的时候，赵光明还会和钱聪明闲聊，聊那些听过茶文化课程后的心得，在感受中国茶文化博大精深之余，又不得不感叹中国文化的伟大。

有一天，钱聪明去赵光明家坐客。喝着赵光明给泡的名贵茶叶，钱聪明忽然说：“老赵啊，你还真喝得起啊。”

赵光明也只有苦笑。其实退休前别人送的那些名贵茶叶早就喝完了。

赵光明让老伴去买过几次，可那昂贵的价格，实在让他们难以承受。某一次买茶叶回来后，老伴不自觉地嘀咕着：“你不能喝点儿便宜的吗？你又不是在任上，家里哪有那么多钱给你买茶叶啊。”

赵光明也明白老伴的话，可他就是喝不惯那些便宜茶叶。俗话说，一分钱一分货。这便宜茶叶，和名贵茶叶的口感真的有很大的区别啊。

赵光明说了自己的苦楚，钱聪明听后微笑地告诉赵光明，你该再去多听听茶文化课，感受一下茶真正的底蕴。

钱聪明的话说得讳莫如深，赵光明听得一脸茫然。

赵光明细细地研究着茶文化，但总觉得还有什么东西摸不透。

有一天，闲来无事，老伴让赵光明去外面的菜市场走走。

这是赵光明第一次去菜市场。赵光明原本是不想去的，可看到老伴手上正忙着，推诿不过，也就去了。

按着老伴指的方向，赵光明进了菜市场。按着老伴给写的菜单，赵光明去摊位拿菜，价格也不问，要多少钱就给多少钱。赵光明拿着一堆菜正要走出菜场时，就看到一个老头在朝自己笑。

赵光明觉得有些纳闷，问老头为什么笑。老头微笑着说："我一看你就是个有钱人。"赵光明更觉不解了，问："为什么要这么说？"老头说着，给赵光明看他手中的菜，说："从你进菜场时我就注意到你了，你买菜都不问价钱，摊主说多少你就给多少，这不是因为有钱又是因为什么呢？"

在赵光明的诧异中，老头指指他买的菜，那些菜很多都耷拉着菜叶。老头说："其实我们小老百姓买菜，无非就是图个吃饱，当然会挑最便宜的，甚至为了几毛钱和摊主反复还价。"

在老头滔滔不绝的话语中，赵光明脑海里突然跳出了一个灵感。

其实自己喝茶，不也就是喝个心情愉悦吗？茶叶的好坏，真的有那么重要吗？

赵光明就给钱聪明挂了个电话，说："老钱，我终于明白你所谓的真正的茶文化了。喝茶并不是喝茶叶的好坏，其实是品味一种喝茶时的心境。"电话那端的钱聪明很爽朗地笑着说："明白了就好啊，呵呵。"

挂完电话，赵光明转身时，就看到身后的老伴也在朝自己微笑着。

赵光明也笑了，笑得眼泪都出来了。

盗墓空间

李小光是一名盗墓贼。

从李小光的爷爷辈，就开始了盗墓生涯。靠着盗墓，李小光爷爷养活了李小光爸爸，而李小光爸爸又养活了李小光。

盗墓这活儿，可不是件简单的事，李小光爷爷穷极一生，也没挖到一个满意的墓穴。李小光的父亲也是如此。

到李小光时，他暗暗下定决心，一定要挖出一座金银财宝无数、价值连城的墓穴来。

可这样的墓穴不是下了决心就能挖到的。李小光在熟悉的地方连续挖了几年也没有挖到，挖得心都灰了。

李小光忽然想到，应该走远一些，这样机会应该更多。

李小光走了好几天的路，来到了一个彻底陌生的地方。李小光早就打听过了，有许多古代墓穴安置在这里，想来，这里定然会有所收获的。

那一天，李小光小心翼翼地挖开一个墓穴。刚进墓穴，就被一块不慎落下的石头重重地给砸了一下，他被砸晕了过去。

也不知过了多久，李小光醒来时，只觉得墓穴内阴风阵阵，他忽然觉得这里有些瘆得慌，不敢再多想，忙慌里慌张地爬出了墓穴。

回去后，李小光决定好好地休息几天，再考虑新的盗墓计划。李小光想了又想，总觉得那个墓穴有些古怪，又说不出那种古怪的感觉。

那天晚上，李小光做了个梦，梦见自己走上了一条陌生的小路，他走啊走，在一块平地上停了下来。然后他就拿着盗墓的工具挖啊挖，也不知怎么搞的，居然真挖出了一座墓穴。李小光还梦见自己爬下墓穴时，发现墓穴里满是金银财宝，他挖了那么久的墓穴，还是第一次见到这么多的财宝……

李小光醒来时，忽然想，这是不是某种暗示或是指引呢？

天亮时，李小光开始尝试着按照梦中的情景，去寻找那条陌生的小路。还别说，居然真被李小光找到了。循着梦中所指引的那个方向，李小光找到了那块平地。一切就像早已设计好的一样，李小光进了墓穴，看到了无数的金银财宝。摸着那些闪闪发光的财宝，李小光快要乐疯了。

但李小光并没有张扬，李小光极其低调地把那些财宝悄悄地运回了老家。

然后，李小光又回到了那个盗墓的地方。欲望的力量是无限的，李小光还想再次挖到那样的金银财宝。

不过，李小光把那个墓穴周围的方圆十里几乎都挖遍了，却没再挖到其他有价值的墓穴。

而类似上次的梦，他也没再做过。李小光有些气短。

那一晚，梦悄悄地再次走进了李小光的睡眠。李小光再次发觉自己来到了另一条陌生的小路，他走啊走，走到一处山麓前停了下来。像是有人在驱使着一样，李小光开始在山脚下一处平地挖了起来，然后，再度挖出了一座墓穴。李小光爬进那座墓穴，晶晶亮的光再度闪了他的眼……

李小光醒来后，天还没亮就上了路。这次，李小光没费多少周折就找到了那另一条陌生的小路。循着梦中指引的方向，李小光找到了那处山麓。挖开山脚下的墓穴，李小光立刻钻了进去，墓穴里无数的金银财宝，简直让李小光看傻了。

和上次一样，李小光把那些财宝悄悄地运回了老家。李小光想好了，再挖出一座这样的墓穴，就洗手不干了。

可这样的梦不是想做就能做到的。李小光又苦心磨了几个月，甚至都想到要放弃了。家里囤积的那些财宝，足够李小光几辈子丰衣足食了。

但再想想，李小光还是有些不甘心，总想着，或许那样的梦不会远了。

那样的梦，果然再次来临。

那一晚，李小光发觉自己走上了一条熟悉的路，梦境中的一切都是似曾相识的。李小光发觉这里的一切都像完全真实的。李小光慢慢就明白了，这不就是自己家乡的路吗？看来自己的家乡也有有价值的墓穴没被开挖过啊。李小光心头一喜。

可李小光发觉自己似乎是来晚了，他远远地看见一堆人在那里挖着什么。走近些时，李小光忽然感觉有什么不对。再然后，李小光就看到那处挖开的墓穴边，是一块被敲碎的墓碑，破碎的文字上，依稀写着李小光的名字……

从睡梦中惊醒过来的李小光，忽然发觉从心底透出来的冰凉。

树

说起来，张海洋最早去村里教书，多少还是有些功利性的。

张海洋是响应国家号召来到村里教书的。谁都知道，若是再从乡下回到城市，那好工作是少不了会给你安排的。

那时的张海洋，刚大学毕业，正是风华正茂、激情澎湃的年龄。他想都没咋想，就报了名，然后背着个破包就在村里教上了书。

村里可有几年没来过老师了，乡亲们像供一尊神一样供着张海洋。

教了没多久，张海洋就迷上了这里。这里有高高的山，清澈的水，还有如山一样胸怀博大、水一样清澈如底的淳朴乡亲。

一晃两年就过去了，张海洋是满带着不舍离开村子的。

可是等到张海洋回到城里时，他那个名额居然已经被人给顶了，据说是一位领导的公子哥儿，张海洋即便想争，也是争不过的。相恋多年的女朋友也因此和张海洋提出了分手。连番的打击，让张海洋就此一蹶不振，甚至还让他想到了死。

在这样一个紧要的关头，张海洋居然收到了村里孩子们的来信。

在歪歪扭扭的字迹中，孩子们没有提到哪怕半个想请张海洋回去的字眼。孩子们的信中只是写着，希望张老师幸福，好人一生平安。摸着这封信，想着那些可爱的孩子们，还有那些淳朴的乡亲们，张海洋的心头突然有了个打算。

几天后的一个晚上，张海洋背着他那个破包，悄然回到了村里。乡亲们对于张海洋的归来，多少是有些吃惊的。

当张海洋说他想留下来继续教书时，乡亲们顿时喜出望外。

这一晚，村里彻夜未眠，各家都张灯结彩，像是过节般隆重。

张海洋在村里这一待，就是四五个春秋。

眼瞅着张海洋这年纪也快到了三字打头，就有热心的乡亲，要给张海洋介绍女朋友，比如村前老赵家的闺女赵大花，村东头老钱家的闺女钱美丽，村西头老宋家的闺女宋爱莲……

闺女是介绍了一个接一个，但张海洋连看都没看，就一个劲地摇头，说："算了，算了。"

什么叫算了？乡亲们明白，若真想让张海洋留下，还是得在这里给他讨个老婆啊。当然，最好还能生几个娃啊。这样他就能彻底安定下来了。村里能来这样一个老师，那可不容易啊。若是哪天张海洋走了，那孩子们该咋办啊？

乡亲们心头那叫一个愁啊。

可也不知咋地，张海洋虽然没在村里娶上老婆，一个人过着日子，却也是极为安心，送走了一批又一批的学生。他教的学生中，居然还出了几个考上大学的。那可真不容易啊！乡亲们更加佩服张海洋了。

有时，张海洋还会和学生们讲，学生就是需要培育的泥土，而老师就是维系着泥土的树。学生和老师的关系，就如同泥土离不开树木，而树木同样也离不开泥土一般。张海洋还说，若没有那年学生寄来的那些信，自己现在是不是活着还不知道呢，是泥土给了树新的生命。

直到有乡亲连着两代人都做过张海洋的学生时，张海洋真的是老了。他再也不是若干年前那个风华正茂、激情澎湃的张海洋了，身子骨明显弱了许多，整个身体也不自觉地佝偻了起来。

不过，张海洋一进教室，很快就能挺起胸膛。

乡亲们发觉，现在的张海洋，真像是一棵树。一棵历经无数次风吹日晒，却依然昂然挺立的树。

有一天，张海洋终于无法再挺立于教室了。

但教室里，很快就来了几位如张海洋一样的老师。他们也像是一棵棵树，挺立在讲台前。张海洋坐在教室的最后一排，很欣慰地看着这一切。

这一棵棵树，都曾是张海洋的学生。

现在，那些昔日泥土里的种子们，也茁壮地长成了树。

丧　葬

小时候，丧葬是令我最快乐的事儿。

因为在农村，谁家若是办丧事，流水宴席都是在家里摆的，整个生产队的人都要义不容辞地去帮忙，或是一起去借桌子、椅子，或是一起去拿锅碗瓢盆，又或是等大家吃完，一起整理桌椅，洗碗刷筷子。

而我们作为孩子，就是最自由的了。大人忙，根本腾不出手来管我们。

农村的天黑得早。有路灯，但没开路灯的钱，路灯就成了摆设。只要天一黑，便伸手不见五指。以往在家，无论是什么时候、什么天气，我们在外面玩得兴起，天黑前赶不及回家的话，必然是少不了爸妈的一顿打的。而只要有丧葬，就不用那么急着回家了。放学不用回家，背着书包乐颠颠地往办丧事的人家赶，爸妈一准在那里帮忙。叫一声爸妈，他们说，等等，自己找张桌子先做作业，一会儿一起吃饭。

这时，就会有同生产队的小伙伴也一起来。大家就把书包摆在桌子上，把书本拿出来，不时说着话，做着作业。这比一个人在家做作业舒服多了。

天黑也不怕，办丧事的人家会在房前屋后拉上几根电线，装上几盏照明灯。灯光可以照到很远的地方。

作业做好了。又等一会儿，就开饭了。当然，是在丧葬人家一起吃的饭。帮忙的人，也有好几十口子，摆上几桌，大人小孩、男人女人，大家围坐在一起，吃饭。

晚饭后，就彻底进入我们的自由时间了。

爸妈还要帮忙，给丧葬家做其他的事儿。他们叮嘱，不要瞎玩，要乖乖的。

我们点头。不管真乖假乖，点了头再说。

农村的房子比较宽裕，一些房与房之间是连在一起的，摆成个院子一般。

因办丧葬，整个院子的十几间房，都是灯火通明。

我们玩捉迷藏。难得小伙伴们能凑到一起，以前，总会缺这缺那。办丧葬时，都会来了。

起先，是我和一个伙伴藏，其他伙伴来找。我躲到了一间房后的稻草垛后，还用几把稻草把自己的头掩住。躲了半天，没人找来，便有些难耐，我把头上的几把稻草拉开，就有一个伙伴跳了出来，把我抓住了。原来，他是等了好久了。另一伙伴，也被找到了。要换他们藏，我们来找了。闭着眼睛数到一百，我和另一伙伴分头去找，找了半天，居然还真不好找。

有大人看我在找人，知道一定是我们在玩捉迷藏，笑着说：“别藏了，再藏要下雨了。”

我笑笑，跑快了。

在农村，有捉迷藏后就会下雨的说法，也不知是由谁说起的，但好像也没印证出，是否真的会下起雨来。

丧葬的时候，还有高兴的事儿。

譬如爸妈给我买了最新的玩具，或是最新的卡通书。我就拿着玩具或是卡通书，给伙伴们看，总能引来一片羡慕嫉妒的目光。

他们说，给我玩玩吧。

我摇头，说，不行。

他们说，求你了，我们玩完就还你。

我想了想说，好。

我就很慷慨地把玩具或书交给了他们，心头乐滋滋的。

后来，有个大半年吧，我们生产队里没有丧葬。

而我，想找队里玩得最好的伙伴玩。

我去她家，要么是她不在家，要么是她爸妈在家。她爸每天都板着脸，很吓人。她爸还经常说一句：“你一个小男孩，和一个小女孩有什么好玩的。”

我不知道那个时候，我为什么喜欢和她玩。那么小的孩子，应该还不懂得恋爱吧。

于是，我就盼着有丧葬。

但就是没有。

一天，我随着爸妈去了队里的一个李姓人家。

李姓的老太太，在家已经躺了一个多月了，据说，很不乐观。

我也不知道自己是怎么了，看着床上的老太太，当着爸妈的面，我竟然小声嘟囔了一句："李奶奶，不能早点儿死吗？"还好没有李姓的家人在场，李老太太耳背，也没听清。但爸妈分明是听见了，面色一变。

回到家后，那一顿打啊，我的惨叫声响彻了整个生产队的天空。

为此，我足足疼了有半个多月。

包

陈实在怎么也想象不到，居然这大奖的好运会落到自己的头上。

那天，陈实在真的是无意的，他无意地走着，就看到路边的一角似乎有一张红红的百元大钞。陈实在本来是不想去捡这钱的——说不定是个陷阱呢。可不去捡呢，他又觉得有些可惜。陈实在想了想，看四下无人，忙俯下身捡起了钱，然后快速离开。

走了好长一段路，陈实在都没看到有人追来。陈实在纳闷了，心想，这钱是不是有问题呢？假钱？正想着，陈实在就看到路边有个卖彩票的。陈实在就想着要把这钱给花出去，确定一下到底是不是假钱。陈实在其实也没想过能不能中奖啥的。

可就是那么一个无意的举动，却有了一个惊人的结果。晚上从电视里一看开奖，天哪，他居然中了大奖，100多万哪！陈实在简直乐疯了，自己怎么会中那么大的奖呢！

陈实在在这个城市住了有几个年头了，发觉这钱还真不好赚。陈实在现在想的就是去拿钱，然后回家，回老家。

陈实在还特地从旧货市场买了一只破旧的大包。陈实在想好了，这包，千万不能买太好的，太好的包容易引人注意。

从领奖处出来，陈实在就进了银行。再从银行出来时，陈实在的包里已经塞满了一沓一沓的现金，去掉要上缴国家的那些税钱，陈实在的包里还有 90 多万元。90 多万元，在以前，是陈实在怎么也不敢想象的啊。

陈实在也想过，把这钱从银行直接汇回老家。可陈实在总是不放心，他想，还不如自己带回家，那样踏实。

火车站的人真不少，来来往往地，几乎塞满了整个候车室。

陈实在买到的是下午 3 点的车票，现在离开车时间还有四五个小时。陈实在把那个包紧紧地背在自己的身上，片刻也不敢放松警惕。他不时地东张西望着，看有没有人在窥探着自己。他早就听说火车站是最不安全的地方了。

间或有个乞讨的老太婆从陈实在跟前走过，摇晃着她那个破杯子里的硬币，口中反复说着："可怜可怜，好人，给点儿钱吧。"陈实在本来是想拒绝的，他一直觉得其实自己也是蛮可怜的。可能是缘于包里那从天而降的 90 多万吧，陈实在发觉自己此时的心情特别的好，想都没想，就从自己那身脏兮兮的衣服里摸出了一张 10 块钱的纸币，放进了那个破杯子里。老太婆连声感谢着，然后摇晃着那个破杯子往前走。

给掉那 10 块钱的纸币后，陈实在马上就后悔了。陈实在后悔的，倒不是给那 10 块钱。而是那 10 块钱产生的引人注目。陈实在发现，他周围至少有 3 个人好像已经盯上自己了，一位是打扮时髦的年轻女孩，一位是满脸横肉的中年男人，还有一位是尖嘴猴腮样的年轻男子。3 个人的眼神，先是朝着自己转，然后，就盯上了自己那个鼓鼓囊囊的包。

想想，陈实在还真有些后怕，凭感觉，那个中年男人，自己肯定打不过；而那个年轻男子，自己应该也不是对手，再说不定那人会有什么坏点子呢。还有那个年轻女孩……

刚想着那个年轻女孩，年轻女孩居然站起了身，朝自己走来了。陈实在心头猛地一阵紧张。

年轻女孩看了陈实在一眼，说："大叔，您是去黄城吗？"

陈实在想了想，说："是。"

年轻女孩就在陈实在身边坐了下来，又说："大叔，我是第一次去黄城，我这次去，是想见我的一个网友。我想问问，这黄城究竟是一个什么样的地方啊？"

年轻女孩和陈实在的聊天，很快迎来了更多关注的目光，这让陈实在显得更加惶惑，他不由自主地拽紧了身边的那只包。

陈实在发觉这样下去，目标实在是太大了。而且，陈实在发觉中年男人和年轻男子的目光，一眨不眨地盯着自己那个包。

这样可不行。

陈实在想着就站起了身，对年轻女孩说了声："抱歉，我去趟卫生间。"然后，就背着他那个包，走出了候车厅。

陈实在来到了候车厅外的大广场上，天有些热，外面的大广场上人并不多。陈实在坐在大广场上的一株大树下。大树下相对凉快些，他翻看着手表，离开车时间还有 3 个小时呢。

陈实在发觉自己的肚子有些饿了，到了吃中饭的时间了。

陈实在刚想起身去吃饭，还没站起身时，就看见不远处的树底下，居然有一张红红的百元大钞。若是照以往，陈实在肯定是不会去捡的。

可陈实在想到了自己包里的 90 多万，又想到了那 90 多万来自那张捡到的百元大钞。若没有那张百元大钞，也就没有那 90 多万哪。

陈实在想了想，看了一眼四下，人零零星星的，极少，也根本没人注意到自己。陈实在就想弯下腰去捡，可身上背着那只包实在有些碍事。陈实在就脱下了那包，俯视去捡那钱。

然后，陈实在就捡起了那张百元大钞。

再然后，陈实在就发现自己那包，已经不见了。

王强，快跑

我是在小区楼下碰到那个年轻人的。

说是年轻人，还不如说是孩子，他一头枯黄的短发，瘦瘦小小的，就像一根竹竿。但就是那么一根竹竿，每天匆匆地骑着一辆电瓶车，往来穿梭于小区之间，然后，看看门洞的号码，停下车，把电瓶车后的一袋袋邮包，极迅速地送进去，并且，很快就跑了出来。

没错，这个年轻人，是个送快递的。有时我想，他为什么能跑得如此之快呢？我们这个小区，都是一些6层的小楼。楼层在6层内是不装电梯的，要走路，全靠两条腿跑。我给他计算过时间，他拿着一袋邮包，从进楼到出来，绝对不会超过3分钟。我很奇怪，按理他要跑那么多的门洞，肯定不是每一个邮包都在一、二楼的，他哪来那么充沛的体力呢？

几乎每天的同一个时间，我站在阳台上都能看见这个年轻人，在这里走进走出的。当然，年轻人也注意到了我，有时，会朝我看几眼，然后转过头去。

那天，我正坐在家里百无聊赖地看着电视，门铃被按响，一个清脆的声音说：“您好，有您的邮包，麻烦您开楼下的大铁门。”我的脑子里迅速跳出了那个年轻人的脸庞，我边按着打开键边在想，我住在6楼，这个年轻人会花多少时间跑到呢？我刚准备拿出手机看时间，踢踢踏踏的声音就响起来，年轻人几乎是以风一样的速度跑了上来，微笑地站在了我的面前，递给我一个邮包，说：“您好，请签收一下。”

后来有好几次，我在小区里散步时都能撞见这个年轻人，他总是显得那么匆忙。不过，看到我，他会朝我微笑，或是点一下头，然后迅速地驶进或是驶离这个小区。

有一天，下起了雨，是一场突如其来的雨。我走进停车棚躲雨时，雨下得越来越大。我看见那个年轻人，骑着他那辆电瓶车，快速地进来停下。雨太大了，他的身上早已淋了好多的雨水。年轻人看到了我，又朝我点着头。我也看了他一眼，有些没话找话地说：“我感觉你还不到18岁吧？”年轻人笑了，说：“满了。是刚满，不然快递公司也不敢用我的。”我“哦”了一声，忽然对年轻人的生活有了兴趣，我说：“我看你跑得挺快的，用得着跑那么快吗？”年轻人朝我憨憨一笑，说：“没办法，公司有规定，跑得多，赚得就多。我想多赚点儿钱，寄给爸妈。”我明白了，不过想想还是挺诧异，特别对年轻人跑的速度。年轻人像是看穿我的想法似的，说：“你知道吗？我们小时候读书，可不像你们城市人那么便利，走个三五分钟就到学校了。我上小学，要走十几里的山路，还不能走得慢，不然到学校时，估计课都已经上完了。后来上中学，就更远了，要翻过好几座山，走好几十里的路。也许，我跑得快，就是那个时候锻炼出来的吧。”年轻人说得很轻松，而我听着，忽然感觉心头很沉重，异常的沉重。

说话间，雨已经停了。夏天的雨，来得快去得也快。年轻人朝我点了点头，不等我有什么反应，已经坐上电瓶车，又如一阵风般快速驶离。

回到家中，我坐在沙发前，想着年轻人说的那些话，愣了好久，心想，自己是不是也应该去做些什么。

上一次的邮包，是一个公司送来的应聘书，而我反复思量后，决定不去。那是一份保安的工作，我觉得它低廉又底层，那不是我想要的。

这一年，已经是我从职校毕业后，待在家里的第二个年头了。我能感受到，爸妈在亲朋面前介绍我时落寞的表情，还有他们关上门后的唉声叹气。

按照邮包上的地址，我跑到了年轻人所在的那个快递公司，我毛遂自荐地说，我能吃苦，我要做一名快递员。我很快就被录用了。能有一个职校生主动要求做快递员，而且还那么兴致激昂，他们没理由拒绝。

我还要求和那个年轻人做搭档。这些要送的邮包，我和年轻人一人负责送一半。我是想比比，到底是谁比谁送得快，谁比谁跑得快。

但我发觉我还是跑不过那个年轻人，虽然我在大学里曾得过短跑冠军。

于是，我在跑时，经常能听到背后有人在喊："王强，快跑！"

王强，是我的名字。

第三辑　雪是可以忘记的

女儿的坚持

女儿读着初中。

这个夏天来临的时候，女儿忽然变得神秘兮兮的。特别是女儿放了暑假后，整日整日地往外跑，回到家时，也是傍晚六七点钟了。

看着女儿忙成这样，我的心头总有些不踏实。女儿原本是个很文静、很“宅”的女孩，一天到晚往外跑，这不符合她的性格啊。会不会是女儿在外面接触上了“坏人”，被人诱骗着出去干什么坏事了呢？

一天傍晚，女儿带着一张分明是被烈日晒红的脸回家时，我出说了我的疑惑。女儿显然是说不来谎话的，见我问她，便有些犹豫地看了我一眼，又看了一眼，之后吞吞吐吐地和我说，她想买一个手机，而这个手机要2000多块钱，她想靠着自己的努力，赚钱给自己买。女儿还说，她这段时间一直在和几个同学帮人发传单，她算过了，大概40天的时间，她就可以赚够买手机的钱了。

看着女儿满是疲惫的神情，我不免有些心疼。想了想，我说：“如果你真想买手机，爸给你买，行吗？而且，你现在打工，还会影响到你的学业。”

女儿微笑着拒绝了我，说：“爸，您放心吧，学习没问题，我每天晚上回家都会复习的。我这次只想坚持一下，体会一下您赚钱的不易。”

我忽然发现我已经被女儿说服了，也许，锻炼一下女儿，让她切实地体验一下生活，可以让她更珍惜现在的学业。

于是，在那个夏天接下来的许多日子里，每天傍晚的六七点钟，都能看到女儿拖着疲惫的身子跑回家。妻有些埋怨我，说我不该让孩子这么苦。我苦笑，我何尝希望让女儿那么苦呢。

其实好多次，我都徘徊在女儿发传单的路口，远远地看着女儿在烈日下挥汗如雨。不过，我能很清晰地看到女儿脸上的倔强。女儿像我，想做的事，九头牛都拉不回来。

我看到女儿一次一次地站在十字路口，巴望着远远走来的行人。女儿会主动上前去，微笑着递上她要发的传单。但不是所有的人都肯接住传单的，很多人都会向女儿摇头或是摆手，表示不要。而每次，女儿总是微笑地再次点头，并没有任何不礼貌的表情。

一沓沓厚厚的传单从女儿手上，一份一份地递到行人的手中，周而复始，我却没有发觉女儿有任何的厌烦。看来，女儿这次确实是很坚强啊。

不过有几次，女儿回家时，我还是有些不坚定。我对女儿说："手机爸帮你买吧，你别去发传单了，好吗？"女儿却摇头，说："爸，手机我可以不要，这次，我只想证明一下自己，我是可以的。"

我一次次地被女儿说服了，我不明白，是我的立场不坚定呢，还是女儿的立场太坚定了，从而动摇了我的立场。

这年夏天的气温似乎出奇的高。

女儿原本一张白白的脸，被晒得黑黑的，黑里又透出点红。

一段时间后的一天，女儿兴高采烈地跑回家。女儿黑里透红的脸上，写满了快乐和满足。

我还看见女儿的手上，紧紧握着一只盒子，盒子的盖子上，是一部手机的图片。我乐了。看来女儿的坚持终于有了成效。女儿成功了。

可令我愕然地是，女儿居然把手机推到了我面前。

女儿说："爸，你那个老手机，可以换了。"

我愣了愣，说："这个手机不是你一直想要的吗？你坚持了那么多天，不就是为了这个你梦寐以求的手机吗？”

女儿忽然微笑着朝我摇了摇头。

女儿还和我说了一个故事。

在这个夏天即将来临的时候，女儿和她五六个要好的同学约定，要靠自己的双手，去给自己的父亲买一个手机，作为给父亲迟到的父亲节礼物。

当时，是大家一起许下的心愿。

而最终坚持下来，做到这一切的，就只有女儿。

我看着女儿，心头猛地一暖。

命

有些意外是突如其来的。

那一天早上，陈开明突然觉得脑子里一阵阵地发晕，晕得自己都有些摸不着东西南北的感觉。

陈开明为此去了趟医院。挂号，问诊，拍片，一整套程序做下来，结果让陈开明目瞪口呆。穿着白大褂的医生说：“你家人来了没有？”陈开明摇摇头，说：“我一个人过。”医生又看了陈开明一眼，说：“抱歉，你来得太晚了。”如同晴空霹雳一般，陈开明半天没反应过来，说：“真没救了吗？”医生点了点头，说：“是的，你差不多还有 3 个月的时间。”

从医院走出来时，陈开明觉得自己的整个天都塌下来了。陈开明实在不明白，自己这是怎么了，怎么就得了那不治之症呢？想来，自己平时也没做过什么坏事，老天为何要这般地捉弄自己呢？也许，这就是命吧！

可陈开明还是不甘心。

在接下去的一个多星期里，陈开明走遍了这个城市几乎所有的权威医院。挂号，问诊，拍片，得出的结果却是一样的。陈开明发觉自己的心在下沉，不断地往下沉，沉到那无尽的深渊里而无力自拔。

不过，一个年轻医生无意中说的一句话倒触动了陈开明。年轻医生说："我知道蓉城的一个老中医，对你的这个症状有一套祖传的疗法，或许能救你。"

陈开明黯淡的眼神瞬间有了神采。陈开明询问那位老中医的情况，年轻医生一一说了。第二天，陈开明就迫不及待地驱车去了蓉城。只要有哪怕一点点的希望，陈开明都想让自己活下来。活着比什么都好。

陈开明开了一天一夜的车，风风火火地直朝蓉城开去。在临到蓉城时，要经过一段鲜有人烟的山路。在路边一侧的角落里，陈开明分明看到一个昏迷着躺在地上的路人。路人身旁，一辆摩托车横七竖八地倒着，想来，定是那个路人不慎摔晕了吧。

若是以往，陈开明是会把那人扶上车的，可那天，陈开明忽然就不想救那人了。陈开明想到的是平时自己做过那么多的好事，到头来自己却无缘无故得了绝症，并且只有仅仅 3 个月的时间了。

想着，陈开明咬了咬牙，脚不由得轻轻踩下了油门，车就快速地驶离了那个路段。

匆忙来到医生说的那家医院，前台的护士告诉陈开明，这位老中医已经退休了，不会再来医院坐诊了。

陈开明只觉得眼前一黑，似乎仅有的希望就要化为泡影了。不过他还是多问了一句，希望能找到那个老中医，亲自登门去求医。护士的话让陈开明的心又沉了下去，她说老中医平时是住在山里的，没有人知道他在哪里，平常也都是老中医主动来联系医院的。

走出医院大门时，陈开明很想留下来继续等待，说不定老中医什么时候就会来了呢。不过，陈开明知道这种希望是渺茫的，那种可能性是微乎其微的。

既然还有 3 个月的命，自己何不好好度过这 3 个月呢？陈开明想好了，先回家里安顿一下，然后独自去旅行，让自己剩余的时光，不再留有遗憾。

在回程的路上，陈开明又看到了躺在路边的那个路人。这次，陈开明停下了车，决定救他。虽然自己是没命活了，但为什么不能救下能活命的人呢。

陈开明把那个人送到了一家医院。还好送得及时，经过医治，那人很快就醒了过来，对陈开明连声说着感谢。

看那人已无恙了，陈开明就站起身要告辞。陈开明要回家了。不过陈开明脸上始终带着沉闷的神情，谁若是知道自己只有 3 个月的命了，也都会是这样的。

那个男人也看出了陈开明脸上的沉闷，就问了他。

陈开明想了想，就说了，说没能见到那位老中医，看来这也是自己的命了。

那个男人居然笑了，说："我猜你的命应该不会太坏的。"

正说着，病房的门开了，进来一位鹤发童颜的老人。男人给陈开明介绍进来的那个老人，说："这是我爸，也就是你要找的老中医。"

陈开明真就愣了。

老中医的家传秘方确实挺见效的，也就个把月的调养时间，陈开明就觉得自己整个儿的精气神儿都上来了。去医院再一查，那个症状，居然说没就没了。

也许，这真的就是命吧。在驱车回老家、路过那段山路时，陈开明不禁放缓了车速，盯住那处救人的角落，暗暗地想。

你像一个人

方竹看到秦若馨的第一眼，脑子里就有一种似曾相识的感觉。

于是，方竹在朝秦若馨又看了一眼后，笑笑，说：“你像一个人。”

秦若馨略显有些紧张，说：“是吗？”

那幕场景，发生在公司的招聘现场。

方竹公司的一些岗位要招员工，秦若馨是来应聘的。方竹很认真地翻了翻秦若馨的应聘简历，名牌大学毕业，专业对口，成绩优秀，一切都和方竹想象中的一样。真的是很像啊。

方竹说：“下周一，你来上班吧。”

秦若馨说：“好，谢谢您。”

周一，方竹给秦若馨安排的，是最基层的工作。按理说，秦若馨是方竹亲自选定的人，应该多加关照才是，而且以秦若馨这样的条件，是不该做那样的活儿的。那真的是太屈才了。

方竹的秘书很有些不理解，这不是大材小用吗？

方竹笑笑，没做解释。

奇怪的是，秦若馨也未有异议，最基层的工作，照样做得有条有理，面面俱到。就连秦若馨的上司都不由得赞叹，这女孩子，真的是不得了。

方竹是很少过问那些部门的事儿的，但却破天荒地，进了秦若馨所在的部门。秦若馨已经做得很完满了，但方竹似乎还有什么针对性似的，横挑鼻子竖挑眼，把秦若馨工作中的一些小小的瑕疵，无形地放大了。

大家都看呆了。他们有些不明白，方竹这是怎么了，他们认识中的老板方竹，可不是这样的啊。

不过，秦若馨倒很镇定，居然是微笑着，很有些委曲求全地接受着方竹提出的问题，再三表示，下次，一定不会有下次了。

因为努力，也因为工作需要。

一年后，秦若馨上调去了另一个部门，职务和薪金都有所提高。

那份工作，其实对秦若馨来说，也是驾轻就熟的。秦若馨的能力，确实也是可以的。

但秦若馨的活儿，还是被方竹不断批评着，大会小会，甚至是在某些公开场合，方竹不止一次地提到了秦若馨工作中的不足。

若换了别的人，老板一味这样挤兑，给她穿小鞋，估计早就辞职走人了。

但秦若馨不。

秦若馨真的太隐忍了。

她就像一条小鱼，明知道上面会是激流，她还一门心思，毫不畏惧地往上冲，一直往上冲，直到攀上她所要到达的终点。

那几年，秦若馨就是在方竹的责骂中成长的。秦若馨从一位小小的部门员工，一直升到了公司的总管，下一个可以挑战的岗位，就是副总经理了。

这是一个一人之下，百人之上的职位。

可就在这个关键的时刻，方竹突然提出，要和秦若馨解除劳动合同。

秦若馨不明白，她自问，这几年，在公司里任劳任怨，一步一步从基层做起，一直坐到总管的位子。为了公司，不说功劳，就算是苦劳，也是有不少的吧，为什么好端端地要把她给开除了呢？

公司其他的人，也都很不理解。为什么会这样呢？老板方竹是不是疯了？

但方竹显得很决绝，从未有过的决绝。

最终，秦若馨还是因此离开了公司。

3年后，秦若馨自己开的公司，已经小有起色了。

方竹主动约了秦若馨一起出来吃顿饭。

在饭店里，方竹说："最近公司好吗？"

秦若馨说："还好。"

方竹笑笑，说："有需要帮助的，尽管说话。"

秦若馨摇摇头，说："不用，我能搞定。"看得出来，秦若馨对方竹多年前辞退她，多少还是有些芥蒂。

方竹像没注意到一样，问秦若馨："还记得那一年，你应聘时，我说的你像一个人吗？"

秦若馨点点头，说，记得。

方竹笑了，说，你知道，你像谁吗？

秦若馨摇摇头，说，不知道。

方竹说，你就像年轻时的我，拥有才华，却不舍得展翅高飞。我那时碰到一个师傅，他对我极为严厉，不断打压我，促我成长……和你当时被我开除时一样，我也被他开除了，临走时，他送了几个字给我，我一并转送给你——

海阔凭鱼跃，天高任鸟飞。

头发白　头发黑

儿子从一生下来，就是满头白茫茫的。

父亲不明白，拉住护士的手，问："为什么会这样？"护士喃喃着，也说不出个所以然来。她说："要不，您去问医生吧，兴许医生知道。"

医生来了，摸了摸儿子的头，说："这可能是暂时的，可能过个几年，头发就会慢慢变黑吧。”父亲“哦”了一声，对医生的回答不是很满意。但不满意也没办法，父亲微微叹了一口气。

父亲带儿子回了家。

父亲以为，儿子的这一头白发，过几年真的会变黑。可几年一晃而过，儿子都上了幼儿园，一头白发，还是一头白发，看不见哪怕一点点黑。

有一天，父亲去接儿子时，看见儿子眼睛红肿着，分明像是哭过。父亲就问儿子：“出什么事了吗？”儿子一听父亲问，眼泪瞬时就噼里啪啦下来了，儿子说：“小朋友们，小朋友们骂我是妖怪！”“为什么？”父亲有些不明白。儿子说：“他们说大家的头发都是黑的，只有妖怪的头发才是白的。”父亲没说话，父亲只是想，儿子的这一头白发，是该去看看了。

父亲请了一天假，带着儿子去了一家专科医院。据说，这家医院最能医治那些疑难杂症了。

一个医生很细致地问了儿子的情况，间或，又用了些什么仪器，在儿子的头发上扫了几下。医生说：“从生物医学的角度来看，你儿子的病，与白化病有些相似，但又无法确诊。因为白化病是不仅头发白，连皮肤也都是白的。但你儿子的皮肤并不白。这个案例，目前我还是第一次见到。而且，如果真的是白化病，那就根本是没法医治的。”

临走，医生关照父亲，你可以多给儿子吃点儿黑芝麻，黑芝麻可以促进头发变黑，到底有没有用，就看你儿子的造化了。

父亲谢过医生。看得出来，医生也是尽力了。

回到家后，父亲赶紧就去买了一大袋黑芝麻。先是给儿子碾成粉末，掺入白糖，一勺一勺地送到嘴里吃。再或者，就是熬成黑芝麻糊，放入白糖，当甜点一样地喝。

黑芝麻吃了半个月，似乎看不到任何明显的功效。白发还是白发，看不见黑。

父亲带着儿子，又去了另一家专科医院。

又一位医生问了儿子的情况，并且反复给儿子做了检查。医生得出的结论，与前一个医生的说法几乎一样：无法确诊是否白化病。医生的建议，也是姑且死马当作活马医，多吃点儿黑芝麻。反正吃黑芝麻是吃不坏的。

回去后，父亲又去买了一大堆的黑芝麻。

黑芝麻就这么吃了几年。儿子从幼儿园升到了小学，一头白发，还是一头白发，没有任何的改观。

虽然儿子已经习惯于那一头白发，对于偶尔的闲言碎语也早已见怪不怪，但父亲觉得亏欠了儿子。为什么别的孩子都可以有一头正常的黑发，儿子却是一头白发呢？父亲也一直没有放弃帮儿子治疗白发的想法。

那一天，父亲听说，这个城市来了一个有名的专家，据说专家对于医治头发这方面也颇有心得。

父亲就带着儿子，去拜访了这位专家。昂贵的挂号费，压根阻挡不了父亲前行的脚步。

那位年长的专家很细致地帮儿子看了头发，得出的结论是，儿子的头发白，是营养不良的缘故，儿子的体内缺乏一些微量元素。父亲问："这能治吗？"专家想了想，说："只能试试，我没有完全的把握。"父亲说："好。"

专家开下的药，儿子吃了几个月，还是丝毫不见有黑发的迹象，一头白发，始终还是一头白发。

后来的几年内，父亲每逢听到有医治头发的医生，都会不辞辛劳地带着儿子去看。不过，每次看下来，结果都是一样的。那一头白发，没有任何的变化。

儿子也从小学升到了初中，儿子已经有些懂事了。儿子说："爸，要不算了，反正对我也没什么别的影响。"父亲摇头。父亲第一次显得那么固执。父亲看着儿子，说："儿子，我一定会想办法把你治好的。”

那一年，有人说，在遥远的千里之外，有一座山，山的某一个时间段会有水流出来，那水，喝了之后，能让白发的人，立马变成黑发。

这说法，更像是个神话。

一个晚上，父亲吃着饭，说：“我想去试试。”儿子以为父亲是说着玩的。那种谣传，哪能信呢。

可父亲果然去了。当天夜里就去了。

父亲给儿子留了一封信，说：“带着那水，我会安然地回来。”

半个月后，满脸胡须，像个野人似的父亲回来了，隐隐地，还能看到父亲脸上的伤，许是出过什么事吧。儿子很想问，但儿子还没说，父亲就递给儿子一瓶水，说：“儿子，你喝。”儿子眼中盈满了泪，果真喝了。

第二天一早，儿子看到自己的头发，真的是变黑了。儿子乐坏了，喊父亲快来。父亲来了。儿子突然就哭了。

父亲的那一头黑发，都白了。

笨母亲 笨女儿

女儿似乎生来就笨。教她什么，刚点着头，转脸就忘了。再教，又忘。反复几遍后，方才记住了。女儿，确实比别的孩子要笨许多。

虽然觉得女儿笨，但到了法定上学的年纪，母亲还是把她送进了学校。

一个星期下来，小学老师找上了门，对母亲说：“你这孩子，好像天生是笨。”母亲笑笑，似乎不以为然，说：“是吗？

她会变聪明的。”老师摇摇头，走了。

一个学期结束了。女儿带着红彤彤的试卷回来，试卷上，满是红红的叉叉。试卷的上首，打了一个分数，是个位数。女儿显得很沮丧，说：“妈妈，他们都说我笨。”女儿以为母亲会责骂她。母亲却没有，只是显出很平静的神情，说：“女儿，你考得还比我好呢。”女儿有些不明白，看着母亲。母亲说：“我小时候，其实比你还笨。我第一次的考试，考的分比你还低。”说着，母亲就很认真地给女儿讲她小时候的事儿，讲得女儿兴高采烈。女儿说：“原来你是笨妈妈啊，怪不得我也这么笨了。”

后来，女儿就不那么沮丧了。女儿的分，在他们班里，是倒数第一。但女儿逢人都说：“我妈妈小时候比我还笨。”大家都恍然，说：“哦，看来这笨，还遗传啊。”

女儿很安心地读着书。尽管每次的考试成绩都不甚理想，红叉叉打了一大，心态却很好。母亲每次都会给女儿制定一个并不算高的目标。母亲说：“这是我二年级时考的分数，这是我三年级时考的分数……”母亲的分数都不很高，母亲真的是很笨。女儿笑着，想，她努力的方向，就是超过母亲。至少，分数要比母亲高。

小学六年级是一道坎，它关系着女儿能不能顺利进入初中，如果考不上，就要留级了。母亲说，她上六年级时，为了不留级，自己都很努力地学习着。后来，母亲成功了。母亲很顺利地考入了初中。女儿说：“妈妈，你放心，我也能考进去的。”女儿很努力，她知道要考入初中，前几年级落下的功课也必须补上。临毕业考的前几个月，女儿就像是豁出劲一般。

那一年的毕业考，女儿的分数恰好过线，很顺利地考入了初中。

初中的第一年，女儿依旧是笨，明明很简单的一些题目，还是不会做。女儿回去和母亲诉苦，母亲又笑了，说：“我以前也是这样的，不过我后来多看了几遍，渐渐也就会了。”女儿点点头。

即便如此，女儿的成绩还是不甚理想，还是排在全班的倒数几名。每次拿着试卷跑回家，她总是沮丧着脸。母亲就说：“呀，比我那年初一考得要好啊。”女儿就显得有些兴奋了，说：“是吗？”母亲点头，说：“当然了。”女儿发觉，每次回家，母亲说的话总能让她重拾信心。真好。

不过，有一次，女儿也纳闷了，问母亲：“为什么别人那么聪明，从您这里开始，就这么笨呢？”母亲想了想，说：“其实，你外婆那时，也很笨的。听你外婆说，好像她母亲，也很笨……”女儿“哦”了一声。看来这笨，还真可以遗传啊。

转眼，到了初三。

初三，又是一道坎，要么读重点高中，要么读孬的高中，要么干脆直接回家。

母亲说：“女儿，我当时可是考上了高中的。”母亲还给女儿讲了她高中时的事儿，那些事儿，仿佛都在女儿面前，伸手就可摸到。母亲没说让女儿一定要考上高中，女儿却突然憋足了劲儿。母亲比自己笨，还上了高中，这高中，她考定了。

女儿疯了一样地学习。那些题目，做一遍有错误她就做两遍，两遍不行就3遍，非把这些题目给做对不可。

高中。女儿真的考上了。虽然是几分之差，女儿只考上个孬的高中。女儿嘟囔着嘴，心头有些不痛快。母亲倒乐坏了，说：“女儿，我们还是校友呢。”母亲讲她以前在这所孬的高中时的事儿，一板一眼。女儿想，看来自己还不算比母亲差哦。

进了高中，女儿住了校。女儿的学业在班里还是很一般。

女儿回家时，母亲已不和女儿谈成绩了，只和女儿谈她大学时的事儿，谈她是如何在大学里认识她父亲的。母亲谈得喜笑颜开，女儿听着却有些心灰意冷。母亲上的大学，可是高质量的名牌大学。女儿实在没把握自己会考上。女儿还听说，就他们这所高中，每年考入这所大学的也就三五人而已。女儿不觉得这三五人中能有个自己。自己若能排个三五十名，就心满意足了。

但母亲说：“女儿，我比你笨。我都能考上，你为什么就不能呢？”女儿一想，可不是吗，这么笨的母亲都考上了，自己咋会考不上呢。

整整高中 3 年，女儿就像是跟自己干上了。除了学习，这 3 年女儿什么也不去想了。女儿唯一想的，就是不能比母亲差。

高考，女儿竟然奇迹般地跃居全校年级组第一，毫无悬念地进入了那所名牌大学。

拿到通知单的那个夏天，女儿陪着母亲，一起去千里之外看望外婆。在那里，母亲忙着为外婆打理着杂物。女儿就陪外婆说说话，唠唠嗑。

女儿说：“外婆，母亲说她和您小时候，都很笨，是吗？”

外婆忽然笑了，好像知道她要问这个问题似的，笑着说：“别听你妈瞎扯，你妈那时候可聪明着呢，随随便便地就成了我们当地的女状元，考上了你们城市的大学。后来，在那里认识了你父亲，就留了下来……”

大嘴王大元

王大元有名。

王大元绰号叫大嘴，并不是王大元的嘴真的很大，而是因为他的坑蒙拐骗闻名乡里。

二十挂零那年，王大元愣是以做生意为名，骗走他老娘辛苦给他积攒起来的几千块钱，跑到县里一个人胡吃海喝了3天，然后腆着个肚子回到家里。

老娘问他，钱呢？王大元却是一脸茫然状，反问老娘：“什么钱？”气得老娘差点就晕了过去。老爹在王大元7岁时就咽了气，老娘这么多年，真的是一把屎一把尿把王大元给拉扯大的。本来老娘的想法是给王大元钱，让他能有个正经营生，谁料想他这么几天，就把自己一辈子积攒的钱给花个精光。

在村里，几乎每个人都被王大元骗过，王大元只要眼珠子那么一转，骗人的主意就来了。

王大元把他老娘都给糊弄了，谁还敢相信这王大元啊。

王大元在村里转了一天又一天，走到村东，又走到村西，两手空空去，又两手空空回。王大元真没辙了。

王大元就又跑去了县城。

在那儿，王大元有几个认识的哥们。那几个哥们和王大元一样，也喜欢干坑蒙拐骗的营生。但那几个哥们做的可比王大元有“技术”多了，三言两语之间，就能把人给骗得团团转。看着那几个哥们每天混得是油光满面的，王大元看着眼馋，就不停地抹着嘴，可怎么抹，嘴唇边也抹不出一点油星来。

那几个哥们就笑了，问王大元：“有一笔赚大钱的买卖，干不干？”王大元想都没想就点头，说：“干，干，怎么不干！”

谁料想，那是个电话诈骗的活儿。哥们找了个小姑娘冒充银行的人给那些老头老太打电话，说您的账号被人盗用了，您得抓紧设置加密密码。小姑娘还说，我给您转接专门负责此事的公安人员吧。于是，电话就给转到了哥们那儿，哥们就冒充公安让那些善良的老头老太们把钱转移到某一张卡上。

王大元是负责去ATM机上取钱的。

开始是很顺利的，钱就像雪片一样转到开通的账号上。王大元数着一沓一沓分到的钱，乐开了花儿。

可那些钱，王大元还没怎么捂暖呢，真正的公安就如同神兵天将一般从天而降，直接就把王大元和他那帮哥们一起送进了铁窗。

还好只是从犯，王大元被从轻判了两年。

王大元出狱时，老娘已经不在人世了。王大元只看到紧锁着的房门，挂满蜘蛛网的屋子，还有母亲孤零零的坟，被葬在后山一角。

在屋内王大元的床下，塞着母亲的一封信。看着信，王大元泪流满面。

在村里没做多少耽搁，王大元就出了门，踏上了那条去往远方的路，王大元究竟去了哪里，谁也不知道，谁也不想知道。

3 年后，王大元回来了。

王大元胖了，一副有钱人的装束，脸上带着笑，遇到村人就问好，村人被问得警惕心顿起——狗还改不了吃屎呢，更何况这个大嘴王大元！他不会又有什么骗人的主意了吧？

王大元一回到村里，就有了大动作。王大元先是出钱找人好好修缮了自己那个破旧的家，接着又掏钱捐助了学校，还修建了那条破破烂烂的村路。

大家都在想，王大元应该不止要做这些吧。如果仅仅是这些，那就不是他王大元了。

果然，没几天，王大元就开始往村委会跑了。连着跑了好几天，跑得大家的心不自觉地提了起来。

事后村主任一说，大家就乐了。这王大元，果然开始暴露了。狐狸，终于还是露出了尾巴。

王大元的想法是，想让大家一起种辣椒。王大元说，他有一种改良过的优质辣椒种子，只要种下去，来年，一定能让大家有个好收入。

大家笑了，再一问村主任那辣椒种子的价格，大家笑得就更欢了。那么高的价钱，不是坑人嘛。看来这么些年，这娃儿还是没变啊。

于是，在村前的大操场上，无论王大元再怎么诚恳地说，甚至再三保证，村人们还是不信。村人们的头，摇得像拨浪鼓，摇得王大元的眼睛里写满了黯然。

村人们就偷偷地乐，想，这回你王大元该没辙了吧。

可王大元似乎是真下了决心般，面对着屋内黑压压一片的村人，说："要不这样，我们签个协议，所有的辣椒种子钱都由我出。到时如果你们亏了，钱就不用给我了；如果你们赚了，就把种子钱还给我，行吗？"

屋内顿时鸦雀无声，没有人说不信。这就像自己拿钱给人去赌博，赌赢了是别人赚，赌输了是自己输。可大家不明白王大元这样做到底是为了什么。

第二年的辣椒熟得似乎比往年早了。

早早就有那些贩子们开着汽车往村里赶，叫买的辣椒价格个顶个的高，把村人们的心叫得那叫一个欢哪。

择了个自己觉得挺合适的价钱，村人就把辣椒卖了，算算这钱，还真赚了不少，去掉要还掉的种子钱，留下的还是一个不菲的数字。

村人们去寻王大元，要去还钱，可怎么寻也没寻到。寻到王大元家时，就看到桌子上摆着一封信，一封王大元老娘留下的信。看着信，村人们的眼顿时就湿了。信中说，王大元被关的那几年，老娘多亏了有村人的接济，还有这些年王大元欠下的那些骗人的钱，王大元若还不了村人们的钱，就不用在她坟头哭了。

村人们摸到后山时，听到的正是王大元撕心裂肺的痛哭声。

生物特征

天气越来越凉了。

猛地一少穿衣服，张传奇就忍不住连打上一阵喷嚏。喷嚏这么一打，张传奇就琢磨着得加衣服了。可一转念张传奇就想到了，自己来上班时看到的那些在高架下席地而睡的乞讨者们。他们就那么席地而睡，更别提要加衣服了。可张传奇看他们每次都好好的，根本看不出因为冷而感冒、住院。他们还是那么安然地睡在高架下面，日复一日。

张传奇的脑海里顿时就跳出了一个问题:“人,是冻不死的?”

可为什么自己少穿一件衣服，就要打喷嚏、流鼻涕了呢?张传奇琢磨着。

张传奇是个好奇、更好问的人。

张传奇翻阅了许多资料，最后有些明白了，人是循序渐进的动物，譬如说，今天穿 5 件衣服，明天穿 4 件，问题应该是不会太大的。这样再慢慢地一件一件地减少衣服，就不会觉得有多么冷了。张传奇忽然就想试试。

于是，在接下去的某一天，张传奇特地少穿了一件衣服去上班。虽然凛冽的寒风呼啸着，吹得张传奇有些发抖，但他还是挺了过来。张传奇极力控制着要打出来的喷嚏，告诉自己，坚持，再坚持，那些高架下睡着的乞丐，他们不是都挺过来了嘛。

半个月后，已经渐渐适应了少穿一件衣服的张传奇，选择了再少穿一件衣服去上班。这大冬天可真不是一般的冷，走在路上的张传奇禁不住瑟瑟发抖。即便是到了办公室，坐在办公桌前，张传奇还是一个劲地打战。可这张传奇还不是一般的坚强，他强忍着，再忍着。等第二天再去上班时，张传奇的感觉就好多了，没有像昨天一样感觉那么冷了。

这样又持续了半个月，张传奇已经彻底适应了。于是，张传奇又决定，再给自己减少一件衣服。在脱衣服时，张传奇发现一个很奇怪的现象：以前身上那些稀稀拉拉、几乎都看不大见的汗毛，现在居然开始变得浓密了。张传奇不免有些奇怪。不过，张传奇很快就释然了。张传奇想到了动物园里看到的那些动物，它们都有一身浓密的毛发，所以不用穿什么衣服也足够保暖。

再少穿一件衣服时，张传奇发现自己居然没有以前觉得的那么冷了。张传奇很自如地穿着很少的衣服，穿梭于公司与家里。

随着时间的推移，张传奇穿的衣服越来越少。外面刺骨的寒风呼呼刮着，张传奇却依然神色自若地穿着一件 T 恤衫穿行在马路之间，丝毫看不出有任何颤抖的样子。许多人都很惊奇地看着张传奇。张传奇一直微笑着，没有注意到身边飞驰而过的一辆摩托车。

摩托车开过张传奇的身边，车把就像是一把利刃轻轻刮开了张传奇的 T 恤衫。张传奇的上身顿时就裸露了出来。

然后，张传奇就看到来来往往的行人，几乎是用看怪物一样的眼神在看着自己。

一辆警车轻轻地停在了张传奇的身边，容不得张传奇说半句话，他整个人就被严严实实地塞进了警车内。张传奇想和他们解释，可很奇怪，他的嘴张了半天，却说不出一句话来，嘴里只发出“叽叽吱吱”的声音，连他自己都不知道在说些什么。

警车呼啸着停在了一家科研单位的门口，张传奇被几个虎背熊腰的男人给架下了车，径直被带进了一个房间，并且被全身紧绑着放倒在一张床上。

一位看上去德高望重的老人走进房间，很认真地注视着张传奇，又用剪刀轻轻剪下了张传奇上身的几根毛发。

老人拿着毛发走出了房间。

一会儿，老人回到房间时，脸上满是兴奋的表情。老人拿出了一张类人猿的图片，对照着张传奇看了半晌，郑重地点着头，说：“这个生物的体貌特征，极其符合我们人类的祖先。”

退

老杨退了。

老杨从刑警的位子上退下来了。

一大早，老杨照例去了警队，走进去时，同事们都在忙。见老杨进来，刑警小刘问：“老杨，你怎么来了？有事吗？”

老杨这才想起，哦，自己这不是退了嘛。

老杨笑笑，走了出去。

以前忙着办案时，老杨天天想着，等以后退了，一定要好好放松，休息一下。可真的退了，老杨倒不知道该怎么放松了。

老杨住的小区有一个老年活动中心。老杨想了想，就去了那里，那里每天都会有许多老头老太们，打乒乓、下棋、写书法……

老杨和一个老头打了几回合乒乓球，那老头像是专业选手一样，几下子就把老杨打得无力招架。老杨自问是个抓罪犯好手，但打起乒乓球，却像是个新人一样。几个回合连着败下阵来，老杨扔掉球拍——不玩了！

老杨就去下棋。老杨可是个下棋高手，不过这个老年活动中心，真是藏龙卧虎，都是高手。老杨以前在刑警队时，随随便便就能把他们击败。可在这里，老杨还真碰到了对手。他苦苦支撑，最终还是输了，抹一下汗——不玩了！

在老年活动中心转了一大圈，老杨觉得不好玩，他想，还是回家吧。

就这样，老杨整天游走在活动中心与家之间，每天都觉得是了无生趣，一个月下来，老杨整个人都委顿了不少。

老伴看着心疼，劝老杨："要不，你找个事儿做吧。"

老杨摇头，说："算了吧，我除了抓罪犯，还能做什么呢？"

老伴苦笑，想想也是。

那天，老伴让老杨到儿子家走一趟，送点东西过去。老杨家住在城市的这一端，儿子家住在城市的那一端，两家还是有一些距离的。

也正因为如此，老杨夫妻俩很少到儿子家去。

老杨拎着东西，上了去往儿子家的公交车。下了这辆车，还得转一辆公交车，才能到儿子家。

老杨一上车，就隐隐感觉到不对。

空气中有一种贼的味道。

这是老杨做了一辈子老刑警的本能反应。

果然，车子开了有三四站，老杨就看见一个年轻的男人，悄悄地躲到了一个年轻女人旁边，男人的一只很细长的手，眼瞅着就要进了年轻女人的皮包中。

站在年轻女人旁边的一个中年男人，看到了这一切，他的嘴巴动了动，刚想说些什么站在他另一侧的另一个年轻男人看到了，似乎知道他要说什么，就轻轻地用手拍了拍中年男人的肩。然后，中年男人就不敢说话了。

原来，还有同伙啊！

老杨可不管这么多。眼瞅着年轻男人的手已经进了年轻女人的皮包，老杨立刻大喊一声："抓贼啊！"

年轻男人被这一喊，手"蹭"地一下缩了回去，恶狠狠的目光扫向了老杨。

然后，两个年轻男人推开人群，瞪着眼，向老杨走近。

周围人群的脸上，闪着犹豫、恐惧，那是一种敢怒而不敢言的表情。

老杨朝那两个年轻男人冷冷一笑，等他们走近时，手轻轻一伸，一个年轻男人已被他重重地按倒在地。另一个年轻男人大吃一惊，还没反应过来时，脸上已挨了一拳，很快也倒在了地上。三下五除二，老杨就把两个年轻男人给制服了。

再然后，公交车呼啸着开进了公安局。

老伴接到电话，才知道老杨到了警局。据说老杨还在公交车上与歹徒打架。

“不会出什么事儿吧？”老伴一想到老杨最近的精神状态，心里就不禁着急起来。

到了警局，老伴看到老杨坐在往日他的那张椅子上，神气活现地和几个年轻刑警聊着他今天的“搏斗”。

看老杨那神采奕奕的表情，哪还像是一个精神状态有问题的人啊。

阳光的味道

闲暇的时候，我常去孤儿院走走，去看望一个叫东东的孩子。

东东5岁了，却看不见任何东西。东东常常坐在院子里，坐在大太阳下，问我：“阿姨，阳光的味道是怎么样的呢？”我说：“那应该是一种暖暖的味道吧。”东东就笑了，说：“那什么又是暖暖的味道呢？”我想了想，却回答不上来。倒是东东突然惊呼，说：“我知道了，我知道了，是阿姨每次来看我，帮我晒被子，晚上我躺在被子里闻到的味道，对吗？”我心头一动，说："是。"

东东是个聪明的孩子，即使他的眼睛看不见，脸上却总是挂满了笑容。东东问我："阿姨，你觉得我脸上的笑可爱吗？"我笑了，说："可爱，可爱，我们的东东是世界上最可爱的孩子。"

孤儿，似乎注定是孤独的。他们感受不到家庭的温暖，常年住在孤儿院中，寂寞度日。

听孤儿院的人说，在没人来看东东的时候，东东总是一个人坐在床前，一动也不动，不知道他到底在想些什么。

于是，我每次来，总喜欢把东东带到室外，或者干脆向孤儿院请个假，带着东东到郊外走走。孤儿院一般是不允许人把孤儿带出去的，那也是为他们的安全着想。不过因为我和这里的人很熟，他们也就没有阻止我。

我会把东东带到空旷的大草坪处，又或是一望无际的大海边。我问东东："你能听到草的声音，闻到和水的气息吗？"东东忽然摇摇头，说："阿姨，我只想闻闻阳光的味道，我觉得，只有阳光的味道，才是最好的。"

我记住了东东的愿望。每个阳光灿烂的日子，我都会把东东推到阳光下，去晒一晒，去感受一下阳光的味道。每一次，东东的脸上都写着满足，即便是炙热的阳光把东东的小脸蛋晒得通红，东东依然是乐此不疲。东东说："阿姨，我喜欢阳光的味道。"

不过，也不是每一天都会有阳光的。有时，我去看东东时，也会下雨。我就看见东东蜷缩在房间的角落里，哪怕天气并不冷，他也会缩成一团，说："阿姨，我冷。"我忙找来厚厚的衣服，给他披上。但东东还是摇头，说："阿姨，我还冷。"也不知是怎么的，我想都没想，就一把抱住了东东。我说："东东，还冷吗？"东东并没回答我，他忽然问了我一个问题，说："阿姨，我听别的小朋友，说起了妈妈。阿姨，我有妈妈吗？"我只觉得自己的全身，猛地战栗了一下，像是被电击了一般。我说：

“东东，好孩子，别胡思乱想了。”东东摇摇头，问我：“阿姨，你说，为什么我的妈妈，她就不要我了呢？”东东的眼睛微眯着，看向我的方向，我知道他是看不见我的，但看着他的眼睛，我的心头还是止不住地一阵疼。

那段日子，也正是我感情生活最纠结的一段日子。

我离婚了，那个和我结婚时海誓山盟，信誓旦旦相约过一辈子的男人弃我而去。他没有给我更多的解释，只是说了那么一句：“好聚好散，我不想拖泥带水。”

我有些不明白，为什么这个男人说爱时那么热情的爱，说不爱时又那么冷漠呢？

在一个人的孤寂日子里，很奇怪，我脑子里想得最多的，并不是那个负心的男人，竟然是东东。

在家里待着，实在孤寂得要命，我就又跑去了孤儿院，去看东东。

看着东东在我面前又蹦又跳的，我突然有了一个想法，我想要把东东带回家。我问东东：“阿姨做你的妈妈，好吗？”东东没说话，半天，眼睛里突然涌出了泪。

东东说：“阿姨，我又闻到了阳光的味道。”

那天，并没有阳光，外面正在淅淅沥沥地下着雨。而在那一刻，我的眼前，也早已是潮湿一大片。

若干年前，我也曾是一个被遗弃的孩子。

走失的老爸

邹晓华正忙着做事儿，就接到保姆打来的电话。保姆带着哭腔，说："不好了，我刚打扫完房间，就发现您、您爸失踪了。"邹晓华当时就发了火："你这保姆是怎么当的？给你钱，包你吃住，怎么连一个老人家都看不住呢！"

老爸失踪还不是大事，重要的是老爸失忆了。几年前老妈过世后，原本精神状态不错的老爸整个人就萎靡了下来。后来，老爸就失忆了。在家里，除了邹晓华，其他人都不认识了。看见人，老爸就会问："这是哪里啊，我要回家。"

想到这些，邹晓华心头就一阵愧疚。自己平时太忙，也没多少时间照顾老爸，他无法想象，一个失忆的老人，走在一条彻底陌生的马路上，会有怎样的一个后果！

邹晓华开着车，心头的焦急无处发泄。邹晓华在想要不要去报警。也就个把小时的事儿，警察不会受理吧？最快捷的办法就是找几个朋友，让他们帮忙一起找，可人海茫茫，找一个人有那么容易吗？拐过几条马路，邹晓华想摸出手机给朋友们打个电话，突然眼前一亮——看来这电话不用打了。

在不远处，邹晓华看到了老爸，他就坐在马路一边的侧石上，眼神木讷地看着来来回回的车辆，很危险。邹晓华赶忙停车，跑到老爸身边，叫了声："爸。"老爸抬起头，一看是邹晓华，眼睛顿时有了神采，说："晓华啊，你怎么在这儿呢？"邹晓华拍了拍老爸的肩，说："爸，咱们赶紧上车吧，这里车子多，太危险了。"

这事儿算是告一段落了，为了老爸的安全，邹晓华对保姆千叮咛万嘱咐，一定，必须，要看好老爸。保姆连连点头，说："您放心吧。"

可一周后，邹晓华又接到了保姆的电话。听得出来，保姆的话声音带着无尽的懊恼，说：“不好了，您爸，他又失踪了。”邹晓华真是气急了，说：“你到底是怎么搞的，我看你是真不想干了吧！”

挂了电话，邹晓华赶忙打电话给几个朋友。这回不可能像上次那样幸运了，在街上都能碰巧遇上老爸失了忆，如果不找回来，那就真的危险了。

打完一通电话，邹晓华就开车在整条马路上飞驰起来。因为工作太忙，邹晓华已经好几天没回家了，想不到老爸再次失踪，他真是无比地自责。

这一次，他一直转了一个多小时。之后，邹晓华的电话响了，是一个朋友打来的。朋友很兴奋，说：“晓华，我找到伯父了，他在三五一广场那边。”邹晓华说：“谢谢了，我马上过来。”

在三五一广场不远处马路一侧，邹晓华看到了站在朋友身边的老爸。邹晓华不由有些哽咽，说：“爸，你怎么又跑出去了呢，你知道我有多担心你吗？”老爸的眼，瞬时也红了：“晓华，对不起……”

这次之后，邹晓华换了一个保姆。为了老爸的安全，邹晓华再三叮嘱保姆，老爸要有什么事，唯你是问。

日子平静了一个月。

家里的电话又打来了，邹晓华忽然有了一种不好的预感。接过电话，他听见保姆哭哭啼啼地说：“对不起，我就上了一趟卫生间的工夫，您爸、您爸他就不见了。”

这次，邹晓华没有再啰唆就挂了电话。他想打给那几个朋友，让大家帮忙一起找找，可电话拿起的瞬间，又放下了。邹晓华断定，他知道老爸去哪儿了。

邹晓华开车去了那里。果然，在一处马路边，邹晓华看到了父亲，一个人孤零零地站在一侧。邹晓华远远看着，他还是第一次，这么认真地去看老爸。老爸真的是老了，想到这里，邹晓华眼睛红了。他悄悄下了车，朝着老爸走去。

老爸看到邹晓华过来，刚要说些什么，只听邹晓华说："爸，对不起，都是我的错儿。怪我，这几天太忙又没时间去看您。我答应您，再忙，我每天都来陪您聊天。"

老爸走失的前两个地方，一个靠近他现在上班的地方，一个靠近他上大学的地方，最后一个，邹晓华想到了，是他上中小学的学校。

此刻，正是放学的时间，铃声一响，孩子们就高高兴兴地从校门口走出来，像一只只回巢的鸟儿，扑向路边等待多时的微笑的父母们。

这一侧，邹晓华抱住父亲，双眼泪汪汪。

就信你一次

有时候，人的恻隐之心，真的完全是莫名的。

就如同那天一早，我在马路边看到那个需要求助的男人。看那身穿着，他不像穷人，可那一刻，他却显得有些落魄，加上极其无奈的表情，像是真的遇上了难处似的。

在此之前，我遇上过太多次路人来乞讨，都献出了我的爱心，但电视、报纸上都证实了那些只是骗人的伎俩，这让我多了一份防备之心。如今，再看到那些乞讨的人，我的心头总是在想，这些人，是不是也都是些骗子呢？于是，我的心就变得磐石一般，再也不愿扔下哪怕是一分钱了。

可那天，在看到那个男人第一眼时，我就忽然有了一种想帮助他的冲动。也许是觉得他这样的人，若不是真遇上了困难，绝不至于放下自尊，沦落到路边乞讨的地步。

于是我问他："你一共需要多少钱呢？"

男人想了想，说："我只需要回家的车费，50块钱就够了。"

也不知道我那时是怎么想的，我竟没有丝毫犹豫，就从钱包中掏了一张50块的纸币给他。我边递给他，边很认真地说了一句："我就信你一次，别让我发现你是骗我的，好吗？"男人愣了愣，深深地看了我一眼，点了点头，说："谢谢。"男人接过钱后，站起身，很快就消失在滚滚的人潮之中。

整整一天我都在想，我应不应该给男人这50块钱呢？男人会不会是骗我的，只不过衣服穿得好了一些，就让我误以为他是真的需要帮助呢？

为证实我的判断是对还是错，我还特意跑遍了附近的几条马路，想看看，男人是不是真的骗了我。若是真的骗了我，男人一定会在附近的马路边继续乞讨。

不过，我并没有找到男人，或是和男人长得相像的乞讨者。

我的心竟因此有了暖暖的喜悦。也许我那50块钱，还真的帮助了一个人。

因为这件事，我也改变了以往对乞讨者的看法。有时看到确实很可怜的乞讨者，我会不由自主生出怜悯之心，掏出一块钱或是几块钱，尽上自己的一些微薄之力。我承认在那些人中，一定会有骗子，但我宁愿相信他们是真的需要帮助。

不过，我也只会信他们一次。若是在另一个时间或是另一个地点看到同一个乞讨者，我绝不会再给他一分钱了。

几年后的一个冬天，因为公司的安排，我去邻市出了趟短差。

事情办得很顺利。

可当我办完事，来到邻市的火车站，想买一张回程的火车票时，我忽然发现随身携带的皮包不见了。皮包里有我的所有钱物，包括手机，等等。

这皮包，肯定是被贼给“顺”了。

站在火车站门口的马路边上，我一筹莫展。

我也试图拉住几个陌生的路人，想寻求帮助，哪怕是我给他们写张借条也行，回到我生活的那个城市，会立马把钱双倍还给他们。

可那些路人要么是不理我，要么就是一个劲朝我冷笑，说：“哥们，你这骗人的伎俩早已经过时了，你可以换个花样了。”

一直等到天黑，我始终没要到哪怕一分钱。我沮丧地站在火车站边，巴望着来来去去的人群，发现自己连哭的心都有了。

突然，一个声音似乎在喊我：“你是需要帮助吗？”

我抬起了头，是一张年轻人的脸，我点了点头，说：“是。”

年轻人很认真地看了我一眼，接着说：“那你一共需要多少钱呢？”

我想了想，说：“100块就够了。”邻市和我生活的城市很近，100块钱足够我到家了。

年轻人没有任何犹豫，就从口袋里掏了100块钱给我，说：“我就信你一次，别让我发现你是骗我的，好吗？”我惊讶于年轻人所说的这番话。我说：“是不是有一个瘦瘦高高的男人，也以同样的方式帮助过你呢？”我记得我当初帮助过的人，是瘦瘦高高的。

年轻人对我的话很意外，说：“不是，帮助我的那人是个胖子。”

我突然有些明白看了。

我今天得到的帮助得益于我昔日帮助过的别人，而我帮助过的人也在延续着这样的帮助。

也许，我还可以对更多的人信那么一次。我忽然想。

乐　善

林南北奇丑。

据说，在晚上你乍一见他，能把你给吓晕了。

撇开林南北的丑，其实，他就是个很普通的男人，不过，他却常常做出一些普通人看不懂的事儿。

林南北是个单身汉，没事时常和一些同样单身的男人们一起聊天、下棋，或是吹吹牛皮。林南北不抽烟，也不喝酒。那些男人们怂恿林南北去抽烟喝酒时，林南北就摇头，说："不去，不去。"无论他们怎么劝说，林南北就是不肯。

有人笑林南北："是不是想存钱娶媳妇啊？你不怕把媳妇给吓晕过去啊！"

林南北的脸就涨得通红，不说话。

林南北把他那些钱，都留着做善事了。

林南北做善事有一些年头了。最早时，林南北看到杂志上登的失学儿童的介绍，还有他们的照片。看着照片上那些无辜的眼神，林南北的鼻子酸酸的。林南北其实也算是一个孤儿，他的父母早早就过世了。想着自己那些年的悲惨遭遇，林南北很是感同身受。于是，林南北没做多少考虑，就按照杂志上失学儿童的地址和姓名，给他们一一寄了些钱去。钱分下来委实不多的，但林南北觉得，如果真能帮上一些忙，也值了。

林南北爱电视，电视新闻里常播一些困难家庭的不幸状况，希望社会上的好心人能伸出援助之手。林南北每次都会按着电视里的地址，多少寄一些钱去。不仅如此，有几次，林南北还亲自上门，带上些水果，主动去慰问一番，表表自己的一片心意。

有人说，做善事不难，难的是一直坚持。

林南北就一直这么坚持了下来。林南北每个月赚的那些钱，除了必要的一些生活开支，都捐出去做了善事。林南北始终觉得，自己一个人吃饱，全家都不饿了，用钱来做些善事，能帮到那些需要帮助的人，比什么都好。

可林南北身边的那些男人们不那么看。大家要么喝酒抽烟，要么存一些钱，还有人开始寻思着讨媳妇。

不过，讨媳妇可不是容易的事儿，特别是讨那些年轻漂亮的媳妇儿。她们不仅把家管得严，更把你的钱管得死紧死紧的，唯恐你漏报了一块钱到外面拈花惹草。

林南北知道自己长得丑，就不去想那娶媳妇的好事儿。

没事的时候，林南北就和那些结了婚的、没结婚的男人们一起聊天、下棋，或是吹吹牛皮。牛皮吹到半晌，那些结了婚的男人接到媳妇儿的电话，就吵吵嚷嚷地要回家吃饭了。那些没结婚的，见结了婚的都走了，也没心思吹牛皮了，就喊林南北一起去抽烟喝酒。林南北摇头，说："不去，不去。你们去吧。"那些没结婚的男人摇头晃脑地，就走了。

岁月就像是一艘轮渡，在河的岸与岸之间周而复始着，记不清来回了多少次，年就悄悄地过了一轮又一轮。

有一天，林南北发觉自己真的老了，腿脚明显没以前那么利索了，脑子也开始变得晕晕乎乎起来，晚上一觉睡下，再醒来时天还是黑的。

差不多到了退休的年纪了。

林南北和那些没结婚的男人们，开始盘算着退休之后的日子。他们都是孤老，除了进敬老院，他们似乎没有别的选择了。不过，一旦步入敬老院，等待他们的似乎就是死亡，好像还没听过哪个老人，进了敬老院还能走出来的事儿。

那些结了婚的男人们，其实他们的日子也并不好过。儿女要结婚，吵着要钱买房。抚养了子女一辈子，话也没说几句就嚷着要分家。把那些男人们，吵得焦头烂额的。

说实话，林南北不想进敬老院，可不进那里，将来谁又能来照顾自己呢。

生活，有时的转机，就是那么出乎意料。

有一个中年女人，带着一个年轻人，敲响了林南北家的门。说是以前他们的经历上过电视，林南北还亲自上门慰问过几次。现在病重的男人没了，女人就想上门来照顾林南北，感谢他这些年来的无私帮助。那个年轻人，是女人的儿子。年轻人叫着林南北“叔”。叫得林南北心头暖暖的。

也陆续有一些男男女女上林南北家来，说是曾经接受过他帮助的人，现在上门来报答林南北。若不是林南北寄去的那些钱，他们不可能完成学业，不可能有今天的成就。他们中，有的是公务员，有的是企业骨干。他们拿着厚厚的钱，带着满满的礼物，硬是塞给林南北，并且也叫林南北“叔”，叫得林南北心头潮潮的。

都说，林南北人丑，心比谁都帅。

我和你打个赌

蹲在那里，刘俊燃了烟，又灭了。

刘俊很久以前就把烟给戒了。可这回，刘俊又掏了烟。

刘俊是刑侦队长。

眼前，是一个负隅顽抗的持枪歹徒，独自躲在一栋废弃的大楼内。

他们可以选择联合武警将其击毙，可是击毙了他，案件也没法画上句号。看守所里关着几个犯罪嫌疑人，得等到那歹徒的口供才能把罪定下来。不然，就只能让他们逍遥法外。

这是个震惊全市乃至全省的大案。市政府、市局都已下了死命令，必须尽快将歹徒活捉。无数双眼睛仿佛都盯在刘俊身上，可这活捉，谈何容易啊。想着，刘俊的眉头不自觉就皱了起来。

刘俊去了歹徒潜伏的大楼。刘俊想和歹徒好好谈谈。

歹徒一声冷笑，说："谈个屁啊。"

歹徒还对着刘俊藏身的位置连放两枪。刘俊举着枪，却无法回击。如果歹徒死了，这一个多月的努力都将付之东流。

那几个嫌疑人的关押期限是3天，过了3天，警方就没权力再关押他们了。而目前，已经关了他们一天了。

留给刘俊的，只有一天时间。

刘俊朝歹徒喊："可以商量吗？要知道，只有自首你才有活路！"

歹徒发出一声冷笑，说："骗鬼呢你！"歹徒身上早就背负了3条人命，即便自首，也绝无活路。这一点，歹徒心里清楚得很。

刘俊苦笑。

想了想，刘俊又说："这里到处都是我们的人，你是绝对跑不掉的。你在临死前，还有什么期望吗？"

歹徒那边顿时沉寂下来。

刘俊本来想，如果歹徒需要什么食物或是别的，可以动些手脚。再或者，也可以创造些机会，多点儿擒获歹徒的可能。

歹徒居然真有要求。

刘俊忙侧耳去听。歹徒的话让刘俊发出一身冷汗。歹徒的要求居然是见上他唯一的亲人——女儿的最后一面。

此刻，如果送他女儿进去，无疑会产生两个不好的可能：一是陪葬，二是作人质。

一时间，刘俊不知道该怎么回答了。

歹徒说："如果你能把女儿给我找来，我可以向你们自首，并且认真交代一切我所知道的情况。"

歹徒的话是一种诱惑，令刘俊心动。

刘俊拨通了局长的电话，局长很快就到了现场。

局长是个资深老公安，听了刘俊的汇报，一时间也沉默了。

这不是一个小决定，它不仅决定着这个案子能不能破，更决定了谁将担负一旦发生意外将产生的所有责任。

局长想了想，说："老刘，要不，算了？"

"不！"刘俊很干脆地拒绝了。

刘俊说："局长，咱俩打一个赌吧。"

赌？局长愣了。

"咱赌一把。我把他女儿接来，如果我赢了，你欠我一顿饭，如果我输了，我脱下这身警服。"

局长看着刘俊，局长知道自己的这个老部下喜欢冒险，哪怕有一丝一毫的希望，他都不会放弃。

歹徒的女儿很快接来了。局长给刘俊的时间是3个小时，而刘俊给歹徒的时间是两个小时，两个小时后，歹徒必须自首。

刘俊坐在现场不远处的一张石凳上等。

刘俊不时看着手表。

等急了，刘俊又掏了烟，点了，狠狠地吸。

两个小时很快就到了，歹徒还没出来。

刘俊这下真急了。

刘俊本来想去看看，又一想，这回可能是他们父女俩可能见的最后一面了，不如再给他们一点儿时间吧。

刘俊又百无聊赖地掏出了烟。

刘俊边抽烟边看着歹徒藏身的那栋大楼。

也不知过了多久，有人拍了拍刘俊的肩膀。刘俊一抬头，是局长。局长说："时间差不多了，人还没出来吗？"

刘俊摇头，说："没有。"

局长说："去看看。"

刘俊和局长就跑上前。刘俊喊了歹徒的名字，歹徒半天都没吭声。

不会出什么事吧？刘俊急了，一急就冒了句粗话。局长回过头瞪了刘俊一眼。

局长说："不等了，让大家冲进去吧！"

局长刚一挥手，门就开了，歹徒和女儿居然出来了。歹徒的眼睛有点红，分明刚刚哭过。歹徒把手中的枪扔给了刘俊，然后两只手平展着伸向旁边的刑侦队员。

刘俊和几个队员押着歹徒火速赶往局里。

在车里，歹徒看着刘俊，说："你知道吗？本来我已经下定决心要自杀了，是你拯救了我，让我能见女儿最后一面。"

歹徒还说，更感谢你多给了我一个小时。

刘俊只是淡淡地笑了笑。

回到警局，刘俊路过局长办公室，看见门开着。

刘俊想去关门，却看到局长桌上有一封信，信敞开着。

信是局长写给市领导的。在信里，局长主动要求承担带歹徒女儿见歹徒的责任，并承担一切后果……

看完信，刘俊想起了什么。

刘俊拨通了局长的电话，说："局长，赌约兑现，你请我吃饭吧。"

飞翔的力量

于大伟原本是一个蹦蹦跳跳的活泼少年。

17 岁时一场突如其来的车祸，一下子将于大伟从天堂拉到了地狱。于大伟再也不能行走了，在那次车祸之后，于大伟的双脚就被截肢了。

于大伟哭干了所有的眼泪，他不知道没有双脚行走的他是不是还能有未来。也许，一切都已经结束了吧。

这一年，于大伟刚刚升入高中。

在班上一直很出色的于大伟，该是同学中的翘楚，是班上所有人羡慕的对象。

于大伟想到了死。死，可以让自己解脱，可以让他解决现在所有的痛苦。

于大伟偷偷去厨房拿了把菜刀，回想着电视里那些自杀的画面。他知道，只要在手腕内侧的静脉上轻轻划上一刀，让血慢慢地流出，自己就可以静静地死去了。

可当菜刀在手腕上比画时，于大伟却有些犹豫了。于大伟忽然想到了爸妈还有同学们。菜刀在手腕上不断地起落，于大伟的心头始终在犹豫着。

母亲正好经过厨房，看到这一幕，惊呆了。母亲哭喊着夺过于大伟手中的菜刀。听着母亲歇斯底里的痛哭声，于大伟的心都快要碎了。

事后，母亲找到了于大伟的班主任，希望班主任可以劝解一下他。

年轻的班主任姓赵，是一位刚从师范大学毕业的女老师。赵老师静静地听完于大伟母亲的叙述，咬了咬牙说：“我试试吧。”

为了照顾于大伟，赵老师特意把于大伟的课桌从后排移到了前排。于大伟却不肯，他不想他的那两条截肢的腿被摆在全班同学的面前。

在办公室里，赵老师很认真地看了于大伟一眼，说："大伟，你现在要做的，并不是逃避，而是勇敢地去面对，懂吗？"

赵老师还说："你都有勇气选择去死，为什么就不能勇敢地好好活着呢？"

于大伟很认真地听着，半天，终于点了点头。

在学习的过程中，赵老师发现，于大伟似乎特别喜欢画画，而且，于大伟画的画儿，有一种超凡脱俗的灵气，那种灵气，可不是所有的学生都具备的。

赵老师的心头猛地一动。也许，这正是解决最根本问题的方式。

赵老师和于大伟好好聊了聊，希望于大伟可以去报名参加一些画画的提高班，甚至将来可以成为一位专业的画手。

于大伟犹豫地看了赵老师一眼，又看看自己身下空空如也的裤脚，苦笑着说："赵老师，您看到过被截肢的画家吗？"

赵老师也笑了，见四下无人，居然用手抓向自己的左眼，并且一下子就把眼珠子给拿了下来。然后，在于大伟一脸的讶然中，说："你听说过老师的一只眼睛是坏的吗？"于大伟摇了摇头，说："没有。"

赵老师将眼珠子塞回眼眶中，说："所以嘛。我觉得，只要有信心，没什么是不可能做到的。对于我来说，有一只眼睛就足够，同样，对于画家来说，有手就足够了。明白吗？"

于大伟点了点头。

多年之后，于大伟的画作——《飞翔》在国际大赛中获奖了。自此，于大伟一炮而红，成为一位享誉国际的知名轮椅画家。

《飞翔》的画面极其简单：一个年轻的被截了双肢的孩子，

远远地仰视着无尽的苍穹，而身后，是一位年轻老师的身影，她正把一双隐形的翅膀，轻轻地架在孩子身后，让孩子可以在空中自由地翱翔……

于大伟回到母校时，赵老师已经被调走了。于大伟向校长讲了那年年轻的赵老师给他讲的故事，校长听得一脸愕然。于大伟很困惑，难道学校一直没发觉赵老师只有一只正常的眼睛吗？校长想了想，忽然笑了。校长告诉于大伟一个秘密，赵老师出身于一个魔术师世家……

于大伟顿时愣住了。

雪是可以忘记的

争执发生于昨天一早。树根打开门时，就看到外面白茫茫的雪把路全给挡住了。挡住也就算了，树根还看见邻居草皮在铲着他家门口的雪，并且不知道是有意还是开玩笑，居然把铲下的雪，扔了一些到树根家门口。

平日里，树根和草皮就总有矛盾，时不时地有点儿冷眼相向。树根当即就恼了。踩着“咯吱咯吱”的雪，跑到草皮家门口。树根说：“草皮，你怎么可以把雪扔到我家门口呢？”树根的声音有点粗，像是兴师问罪一般。草皮也不是省油的灯，卷起长长的袖子瞪着树根，说：“扫都扫了，你想怎么样吧？”树根当即就不说话了，一把拿过草皮手上铲雪的锹，跑到自家门口，铲了厚厚的一锹雪，扔在了草皮家的门口。草皮冷笑地看着树根，没说话。

后来的事就更说不清了。树根的婆娘豌豆，一早骑着自行车去上班，在路上因为打滑，不慎摔了一跤。这一跤可是整个屁股摔在雪地上的，摔得可是不轻。草皮家的婆娘菜花，正好提着篮子走过，没见菜花上前去扶，倒是幸灾乐祸一般，在一旁嘲弄地笑着，笑得豌豆的心里更加委屈了。

中午，豌豆和树根一说，树根心头就更恼了。恼得发昏的时候，儿子小树根又跑回了家，眼睛红肿的，像是哭过。树根一问，竟然是草皮家的小草皮，纠结了几个同学欺负小树根，说是树根一早把雪扔到了他家门口，所以小草皮要打小树根。小树根念的是小学三年级，和小草皮是同班同学。

太欺负人了！树根攥紧了拳头。不行，他一定要去找草皮算账。树根当即就出了家门，踩着“咯吱咯吱”的雪，就到了草皮家门口。树根喊，草皮:“你出来！有胆量你小子给我出来！”

门开了，草皮的一个头探了出来。树根刚想去揪住草皮，从草皮的身后，又探出了一个头，是一个陌生男人，一脸的凶神恶煞。草皮还没说话，那人倒吭了声，说：“你小子鬼叫什么啊，想挨揍是不是？”那人站起身，足足高出树根一个头。树根吓了一大跳，真就不敢吭声了，狠狠地瞪了草皮一眼，走了。

晚上，树根想，那个陌生男人应该走了吧。树根就打定主意，去找草皮算账了。

透过草皮家的玻璃窗，树根看见了那个陌生男人。男人正坐着，和草皮碰着酒杯，一副喜笑颜开的模样。树根看着，恨得直咬牙。

回到家，树根看着满脸委屈的婆娘豌豆和儿子小树根，心头总不是个滋味。难道就这么被人欺负了吗？树根叹了口气，摇着头，进了厨房。树根看到了放在橱柜上的一把雪亮的刀，他眼前一亮，顿时有了主意。

树根先安抚豌豆和小树根去睡。估摸着到了半夜，树根摸黑爬了起来。树根进了厨房，拿起那把刀，翻墙进了草皮家的后院。草皮家后院的围墙不是很高，树根知道，草皮家后门的锁也不是很牢固。树根一脚踹开了后门，走进了草皮的家。

树根先进了草皮家的客房。客房的床上正躺着那个陌生男人。别看陌生男人比树根要高一个头，当树根手中的刀划向男人时，男人一点儿声音都没出，就这样被树根给“结果”了。

接着，树根又用同样的方法，结果了草皮、菜花和小草皮。树根走出草皮家时，就看到了后院中皎洁的月光。月光下，树根的身上、手上沾满了血。顿时，树根的心头，猛地害怕了，连他自己都不明白，一切怎么会演变成这样呢？树根的身子，莫名地颤抖着。

然后，树根就醒了。醒来后的树根，才发现那只是一个梦。树根摸着额头的冷汗，听着窗外的“滴答、滴答”声。

树根一看，是下雨了。昨天下过的雪，都被雨水冲刷得干干净净。

推开窗户的一刹那，树根看到了对面窗户里草皮微笑的脸庞。

草皮说：“树根，昨天不好意思啊，我代表我们全家，向你们道歉。”

树根没说话，心头顿时就畅快起来。

第四辑 毕业后我们来看你

去看看爷爷

又到了一年之中的清明节。

忙，说不清楚的忙。陈强已经连续在厂里加班一个月了，却还要不停地赶工。车间主任说：“那么多活，不加班怎么成。”

中午时，陈强去找主任请假，回老家。今年是爷爷过世的第一年，他想到爷爷的墓前去祭拜一番。陈强是在爷爷手上带大的，素来和爷爷的感情最好了。爷爷过世时，陈强差点就哭晕了。

那个吹胡子瞪眼的车间主任哪里舍得让陈强离开呢，他撇着个嘴，说：“陈强，你没看到现在活儿这么忙吗？要是大家都像你这样说走就走，这活儿还来得及干吗？”陈强声音低低地，说：“主任，我回去后一定抓紧时间，3 天，最多 3 天时间我一定回来。”从他打工的城市到老家，光是路上打个来回也得两天，3 天已经是最少的时间了。

车间主任摸了一下鼻子，定定地看了陈强一眼，说：“真想走？”陈强点头，说：“是。”车间主任点了点头，说：“行。那我给财务室打个电话，你直接结账走人吧。”陈强顿时就愣住了。现在的工作不好找，真的辞了职，再回到这座城市，去找类似的工作，还真有点儿不小的难度。

这一天他又是加班到 11 点。累得腰酸背痛的陈强回到宿舍，都没力气洗脸洗脚了，刚一躺下就睡着了。不知道是不是白天时想着回家，陈强做了个梦，梦见小时候，爷爷陪着自己玩，还给自己买了好多好吃的。又梦见自己上学后，难得回家一次，每次回家爷爷总是激动地来看自己，自己要离开时，爷爷都是泪眼相送……

然后陈强就醒了过来。看看时间，刚到凌晨 2 点，陈强满头大汗，想着爷爷，眼圈顿时就红了。

第二天中午，陈强又去找了车间主任，差点就给他跪了下来。陈强说：“主任，求求您，一定让我回去吧，哪怕我回来多加几个班。我要到爷爷的墓前……”车间主任很不屑地瞪了他一眼，说：“反正我该说的都说过了，要走你就辞职，不走就留下加班干活，自己考虑……”陈强面色惨白，半天没说出一句话来。

这一晚，爷爷再次出现在陈强的梦中。陈强梦见在送爷爷去火葬场的路上，爷爷突然醒了过来。陈强惊呆了，喊着：“爷爷，你没死啊……”陈强还梦见爷爷很认真地看着自己，说：“强子，回来看看我吧……”

醒来时，陈强早已泪流满面。回家！即便是辞职也要回家去看看爷爷。陈强攥紧拳头，坚定地告诉自己。

第三天一早，陈强就敲开了车间主任的门。车间主任才刚上班，很惊讶于陈强的决定。他还没来得及说什么，陈强就适时地递上了辞职信。

坐在回老家的车上，陈强思绪万千，脑子里想着的都是一直以来爷爷对自己千般万般的好，只可惜，自己没有在有生之年好好地孝敬爷爷。还好这一次，他能回家去爷爷的墓前看看他。工作没了就没了吧，回去后可以慢慢地找，没什么比爷爷更重要的了。

坐了一天一夜的车，回到老家，已是早上，在家里简单地洗漱了一下，陈强就去了爷爷位于山脚的墓地。陈强在墓地坐了好久，一看到墓碑上爷爷的照片，就觉得亲切不已。

扫完墓回到家，陈强刚躺下没多久，就被一通电话吵醒了。是厂里的一个同事打来的。他想，这个点儿，应该是上班最忙的时间啊，他怎么有空给自己打电话？刚一接听，就听到同事哽咽的声音，陈强听了半天，才听明白：车间着火了，车间里都是易燃物，一起火就到处都是燃点，大部分同事都被烧伤了。这个同事是恰好在上厕所，才幸免于难的。

握着电话，陈强想了半天。若不是自己因为要回家扫墓，估计也多半是凶多吉少。他猛地想起了关于爷爷的那些梦，梦里爷爷喊着让自己回家，这分明是爷爷在救自己啊。

陈强突然跪了下来，对着山上爷爷墓地的方向，重重地磕了3个响头。

回家的路

晚上，女儿打电话来，说，明天她想自己回家。

女儿的话说得很自然，就像平时和我说话一样。我的心头，顿时就波涛汹涌起来。

女儿在另一个城市的一家寄宿制学校上学，读初中。从女儿上学的地方到家里，需要三四个小时的车程。一个十三四岁的女孩子，要走这么长时间的路，总是让我很不放心。

于是每一次，我总是从家里赶到女儿的学校，接了女儿，再一起回家。女儿不常回家，这一次，是因为中秋节要到了。女儿说，她想回来看看我们，她想我们了。

在电话里，我再三劝阻女儿，我说："还是我来接你吧，你一个女孩子……"

女儿似乎犹疑了一下，说："爸，那好吧。"

第二天天还没亮，我就起床了，我要早点起来，去女儿的学校接她。这时，我的手机短信响了，打开一看，是女儿发来的：爸，我已经出发了，你不用来接我了。

我忙拨女儿的手机，却打不通。

我苦笑，女儿有和我一样倔强的性格，既然是女儿做了这个决定，估计也是难以改变了。我起了床，想着女儿到这个城市的必经之路——长途汽车站，我决定在那里等女儿。

时间快到早上6点了，我出了门，直奔长途汽车站。

半个小时后，我到了那里。我想着，按照以往，如果女儿是在和我打电话时出发的，到这里时，应该是差不多八九点。我坐在候车室里等女儿的电话，这样，若是她碰到什么问题，我也可以马上买票赶到她那里。

时间在一分一秒中过去，一切都显得那么平静，可是坐在候车室里的我的内心，却始终平静不下来。

我是不抽烟的，但我心头焦虑。于是我去买了一包烟，还买了一个打火机。我边抽烟，边猜测女儿一路上是否顺利。时不时地，我还会翻出手机看看时间。其实，我是很想打电话给女儿的，但我知道，女儿估计是怕被我打扰，所以关了电话。算了，既然她想独立一回，就遂了她的愿吧。

看看手机上的时间，7点刚过。我在想着，女儿若是按时出发，现在差不多已经坐上长途车了。我忙站起来，去看那开来的长途车的发车时间。7点整，有一班汽车。我站在售票口，报上女儿学校所在的城市，向一个巡视的工作人员问道："那里7点的车，准时发了吗？"工作人员瞪了我一眼，说："发了吧，您有事？"我笑笑，说："谢谢。"

我又在候车室里坐了下来。我在盘算着，如果女儿真是7点整坐的车，经过两个小时的车程，差不多9点女儿就到这里了。

我给老婆打了个电话，我说："放心，女儿应该不会有问题的。"挂了电话，我的脑子里凭空闪出一个念头。那长途车，不会出啥问题吧？譬如突然跳上来劫匪，或是车子出了故障？

想到这里，我不禁哑然失笑。好端端的车，咋可能出什么问题呢。我笑着，又抽了一根烟。

过了8点，我就笑不出来了。

我忽然想，女儿会从长途汽车站的哪个门出来呢？如果是直接从出口处出去，那就不会经过候车室了。可这里一共有3个出口，她又会走哪个出口呢？我走出了候车室，到一个一个的出口处查看。以前接女儿回家时，我们没有特定会走哪一个出口，总是赶到哪个出口就走哪个出口。猛不丁地要接一个人，倒让我有些措手不及了。

在那3个出口之间，我走来走去。我还是无法决定到底在哪个出口等。但我很快有了办法，我记得我有个高中同学，似乎是在长途汽车站上班的。我可以通过那个同学，直接跑到车子下来的地方，在车门口等女儿下来。这应该是万无一失的做法了吧。

通过其他同学，我联系上了这个同学。他听说我要接女儿，很理解我，立刻帮我安排进站，到了下车的地方。

时间慢慢地到了8点50分。按照以往的到车时间，应该还有10分钟。因为跑东跑西的，我的额头满是汗，我站在那里静静等待，任时间一分一秒过去。

9点。那辆7点整从女儿学校的城市开出的车，很准时地停在了我的身旁。我站在门口，眼巴巴地看着下来的乘客。我想看到女儿微笑地站在我面前。可车上的人都走完了，女儿还是没下来。我愣住了，冷汗不断地往下流。

半天，我才缓过神来。我忽然想，或许，或许是女儿没赶上这班车吧，或许，她坐的是下一班呢。

下一班车是7点20分开车的。按理，是该9点20分到的。

9点20分。又是一辆准时到达的车。

我愣愣地站在车门口，等着女儿下来。可是，没有。整车人都下来了。司机很莫名地看着满头大汗的我。

电话响了。

好像是我的电话响了。我去接了。

是老婆的声音。我哭了，我说："老婆，我没接到女儿。"

电话那端的老婆却笑了，说："女儿已经到家了，你快回来吧。女儿怕你去接她，特意提早回来的。她说，她想试试自己一个人回家一次。"

大李

大李不是本地人。

大李是从安徽来上海打工的农民。农民种地赚不来钱，就都跑东跑西地跑出来打工了。大李在小区里租了一间小小的门面房，给人修修家电。

一开始不熟，来修的人很少，大李也不急。生意这东西，急不来的。大李以前在老家只修过一般的家电，上海这里的家电，很多都不一般。生意不好时，大李就利用上午去学习修理，下午到晚上一直待在店里。

大李开的价码不高，别人收 10 块钱的，他最多收 5 块钱。要是修的人忘了带钱，或是不想修了，也没关系。忘带钱的，你可以先把东西拿回去，钱改天送来就可以。不想修了，也没问题，帮你原原本本装上，不收你一分钱，而且是笑脸相送。

都说，大李这人，心善，好商量。

生意慢慢就好了。

小区里多是一些孤独的老人，他们独自生活，白天黑夜都是一个人。没事的时候，他们就到处走走，累了，乏了，就回家看看电视，借此打发时间。

有一个刘姓老头，大家都叫他老刘，他也一个人住。

老刘有一台老式电视机，经常坏。要么是喇叭坏了，要么是图像不显示了，再或者是其他什么原因。在大李这儿修了几次，但不过个把月，又出问题了。再去修时，大李就劝老刘："还不如买台新的呢。你看这电视机，画面还是黑白的，不好看。现在新的电视机，也才几百块钱。"老刘听着，没吭声。

大李是后来才知道的，老刘每个月就那么一点儿养老金，有个儿子，但很不孝，从不来看他，更别提给他钱了。几百块钱，对老刘来说，真如同天文数字一般。

感慨之余，大李忽然想上门去看看老刘。这个老刘让他想起了父亲。父亲是 8 年前过世的，如果还在，应该是和老刘一样的年纪。大李一直感到遗憾的，就是父亲走时自己不在身边，每逢想起，就不禁落泪。

大李的主动上门，让老刘很是意外。大李听到房间里电视机发出"刺啦刺啦"的声音，就知道又出问题了。

大李朝老刘微微一笑，说："电视机又坏了？"

老刘点头，说："是啊。"

大李说："等等啊。"大李出了门。

三五分钟之后，大李背着沉沉的工具袋进了门。三两下间，就帮着老刘把电视机给拨弄好了。老刘要给钱，大李拦住了，说："这次修，不要钱。"老刘有些不明白，而大李拍拍他的肩，走了。

后来，每隔几天，大李都会上门来找老刘，陪着老刘聊聊天，有时还会带些蔬菜水果。老刘当然是不肯收了，说："大李，你赚钱也不容易，怎么可以……"大李就笑了，说："没事没事，这不都是些小钱嘛。你这里人头熟，可以多帮我介绍点儿生意。"

那只是大李的戏言。

谁料，老刘还当了真，真去给大李找了几个要修电器的人。

大李就笑了，想，这老刘还真挺可爱的。

那年过年，大李没买到回家的票，一个人在出租屋待着也孤单，就买了些年货，去了老刘家。老刘似乎知道大李会来，早准备好了一桌子菜。虽然菜色都很一般，也不是大李喜欢的口味，但大李却吃得津津有味。

两人不觉间，就走得近了些。

那一次，老刘发高烧，是隔壁老王发现的。老王给老刘的儿子打电话，没人接。老王想了想，只好去找大李。大李听到后，放下手上的活儿就赶到老刘家，背上老刘就去了医院。

挂号、吊水、配药，前后花了六七百块钱，都是大李垫付的。

老刘说要还大李钱，大李死活都不要。

那几年，老刘有什么头疼脑热的，都是大李上门照料。老刘的那个儿子，始终没露过面。

都说，老刘这儿子，真是白养了。

还说，大李不是儿子，胜似儿子啊。

老刘过世那年，老刘的儿子终于来了，他捧着老刘的照片，走在送葬队伍的前面，脸上看不到一丝伤悲。大李走在队伍后列，泪流满面，泣不成声。

办完丧礼的第二天，就有律师找到大李，拿出了老刘的遗嘱。老刘把生前的那套房，留给了大李。

大李很是震惊。这不是天上掉馅饼吗？那套房，以现在的市价来说，起码要值百万。

老刘的儿子当然不干了，要求打官司，把大李告上法院。

站在法庭上，大李的律师，对着老刘儿子，转述了大李的一句话："你有尽过作为儿子的义务吗？"

只见老刘儿子的脸上，顿时写满了羞愧。

寻找一个人

我不是第一次来到这座城了。

我这次来，是为了寻找一个人。

10年前，我来过这里，是偷偷跑来的。我从另一座城，跑到了这座城。那时，我还在读高中，学习上的重压，还有那些来自四面八方的殷切希望，让我有些喘不过气。我怕自己学不好，辜负了他们。我只有逃脱，彻底避开这一切。我取出了积攒已久的钱，悄悄地买了火车票，跳上去往这座城的火车。

可下了火车，站在这个完全陌生的地方，我有些无所适从。到中午了，我肚子有点儿饿，掏口袋时，居然发现钱包没了。我猛然想起，临下火车时走得匆忙，有一个大胡子男人撞过我一下，还朝我瞪了眼。是不是他？我忙四下张望着，看能不能找到那个大胡子。我眼巴巴地看了半天，肚子又忍不住"咕咕"直叫起来。怎么办？接下去该怎么办？我茫然了。

有一个男人看出了什么，问我："小伙子，去吃饭吗？"我说："我没钱，可以吃吗？"男人一脸嘲弄地笑，摇摇头走了。又一个男人来了，得到了我同样的回答，男人的笑也有点儿轻蔑，也走了。我像是被晾在那里，摸着肚子，思忖着，下一步，去找警察吗？我有些不甘心。难道，我这次逃脱，就这样前功尽弃了吗？

突然，一个老人突然走到我面前，说："孩子，需要帮助吗？"我有些不解，不由得多看了他几眼。他的穿着很朴素，看面容，也是慈眉善目的那种。我想，他应该不是坏人吧？于是，我说："我饿了，想吃饭，但我没钱。"老人笑了，说："没钱没事，你跟我来吧。"

我有些意外，猜测着老人的目的。我要啥没啥，也没什么让他所图的吧？咬咬牙，我跟在老人的身后，走着。

老人带我去的，是一个小小的院落，从火车站走过去，并不算远。老人把我带进了一个屋子，里面有一张简单的床，一张桌子，还有几张椅子。老人说："你先住在这里吧，"接着老人还说了一句，"你等等，我帮你去弄点儿吃的。"

我更茫然了。老人知道我没地方住？还有，这里不会是早就安排好的吧？我心头的疑虑越来越深了。

一会儿，老人端来一碗热气腾腾的馄饨，微笑着说："孩子，饿了吧？先吃碗馄饨充充饥吧。"说实话，我对老人还是存有一定戒心的。但看着老人递来的馄饨，我又确实是很饿，也就管不了那么多了。阴谋就阴谋吧，先让我吃了这碗馄饨再说。没几口，我就把那一碗馄饨给吞了下去。这还是第一次，我吃得那么畅快。

吃完了，我的精气神儿也上来了。老人把碗放在一边，微笑地看着我，说："孩子，怎么样，谈谈吧，怎么就从家里跑出来了？"我苦笑，不知该说什么。半天，我还是一句话没说。老人也不勉强我，说："这样吧，你先在这里休息会儿，我那儿有电视，如果你要看，可以来找我。"老人指了指对面的一间屋。我点点头。

在那屋里待了一会儿，我还是想不明白老人带我来的目的是什么。耐不住心头的好奇，我试探性地去了老人的屋子。老人正坐在沙发前看着电视，他好像知道我会过去，没等我到门口，他就说："快进来吧。"语气很是温和。

我坐在沙发旁的椅子上，边看着电视，边观察着老人的表情。老人没再和我说话，只是挺认真地看着电视。我稍有些失望。

吃完晚饭，天已经微微有些黑了，老人说："你可以出去走走。"

我有些不解，看着老人。老人说："那也许对你的心情，会有所帮助。”

我点点头，出了门。

这个城市的夜，其实和我那个城市差不多。相似的灯光、行人，还有匆匆而过的车子。唯一不同的是，在这里，我是一个人。

我在老人那里待了整整一个星期，老人并没真正和我说些什么，只是在我走的时候，说了一句：“倦鸟也是要回家的，孩子，与其逃避，还不如勇敢地去面对。”

我有些懂，又有些不懂。

老人把我推上了火车，塞给我他给买的火车票，还有100块钱。我想起有一次饭后，告诉过老人我住在哪个城市。

这10年来，我常常会想起这个老人，一想起他，就让我告诫自己，无论怎样，生活都是要继续的。

循着记忆的方向，我来到了老人的小院子。

院门打开，开门的是一个中年男人。我说了我到访的原因，男人听后，朝我苦笑着说：“老人一年多以前已经走了。”

中年男人带我去了老人的墓地，墓碑上，照片中的老人依然带着微笑，还有那种我所熟悉的温和。碑前，有刚刚被人焚烧过的纸灰。

男人说：“老人这些年没事就在火车站那儿转悠，收容了至少几十名像我这样的孩子。这个年纪的孩子，其实是最迷茫，也是最危险的，一个不慎，就可能陷入罪恶的深渊。”

男人还说：“老人退休前是少管所的老师，他是想在根源上去好好帮助那些孩子……”

过元宵

小时候，过完春节，我就开始期盼元宵节了。

那个时候，爷爷还健在，过节的气氛还很浓。

到了元宵节的晚上，母亲会先去倒垃圾的地方，扎几把稻草，燃一把火。这也是一种风俗，寓意是烧掉过去一年的晦气，开始新的一年。元宵夜，从那一刻就宣告开始了。

生产队里常常有人去镇上的文化站看元宵花灯。有各种各样的花灯摆在那里，灯火璀璨，美不胜收。我就去过一次，去过一次后就不想再去了。一来因为路远，从家到文化站，骑自行车要15分钟。路远也不打紧，关键是没有路灯，走夜路时，黑咕隆咚的，极不安全。还冷。冬日的夜，真不是一般的冷，骑着自行车，迎着冷风，就更冷了。冷得瑟瑟发抖。二来因为只能看，没什么参与度。光看着别人的花灯好看，却只能看，不能去碰触。要碰触，就要去买。花灯很贵，买灯不合算。

后来的元宵夜，吃着晚饭，爸妈问我："晚上要去文化站看花灯吗？"当然不去了，我摇头。我说："我就在家里玩玩吧。"

爷爷先吃完饭，就走了出去。

等我吃完，走出门时，门口已经扎好了一根长长的稻草秆，比我人还高。这东西有一个俗名：招财靶。

是爷爷给我扎的。

这稻草秆，外面围满了稻草，里面是晒干的芦苇。只要火一点就能燃起来，举在手里，就像一根长长的火把。人们就着招财燃起的火，在手中上下左右地挥舞，再喊些"招财招财，大家发财"之类的话语，憧憬着未来的一年，全家人都能财运滚滚。

拿着长长的招财靶，我跑到了邻居小伙伴家。小伙伴也扎了一根招财靶，但比起我那根，短了许多。我们各自点燃了招财靶，走在漆黑的路上。路上不时会走动着一些人，也有小孩，都认识。我们就着手中的火把，在黑夜中辨认对方，互相打着招呼。

有风，但我们并不觉得冷，反而无比兴奋，兴奋手中的招财靶。我们俩兴奋地挥舞着，从马路的一边，跑到马路的另一边。

路边不时会有村人的稻草垛。趁没人注意，我们就拔上几把，然后用火把它点燃。我们走开时，路边就留下了还在燃烧的火。

一路前行，手中的招财靶越烧越短。

小伙伴的招财靶先于我烧完，而我手中的招财靶，也已经很短了。

小伙伴又去拔了路边的稻草垛。这一回，被人发现了。

有人喊："你拔什么呢？"

我们赶紧跑。趁着黑夜，他们也看不见是谁拔的。我们俩的小脚一迈开，耳朵边只听到风的声音。

跑到家时，我们俩的额头处隐隐有了些汗，手中短短的招财靶也早跑丢了。但我们还是高兴，脸红扑扑的，喘着大气。回头遥望我们走过的地方，还有那些燃烧的隐隐约约的火苗，那些火都是我们制造的恶作剧。

笑。

好几年的元宵夜。我们都是这么快乐地度过的。知道拔别人稻草垛不对，但我们还是要拔，手痒嘛。

第二天一早路过时，看到被拔松的稻草垛，还有不远处稻草烧完留下的灰烬，我们就在心头呵呵直乐。

现在的元宵节，再没这样的气氛了。

我带着女儿回老家，母亲照例会在天黑后，在垃圾堆旁，燃起几把扎起的稻草。

元宵夜开始了。

父亲并没给女儿扎招财靶，只是把早就买好的烟火递给女儿。

门口的路上也没什么人。一路望向东，一路望向西，几乎没什么行人。

没有路灯，农村的夜，依然是黑的。

生产队里同龄的伙伴，女儿也都不认识。一年难得回老家一趟，她只认识她那些城市里的玩伴。

父亲拉着女儿站在门口，燃放着烟火。烟火小小的管道里，蹿出几簇星星点点的火焰。烟火还没放完，女儿就吵着要进房间，女儿根本就不知道元宵，她只知道，每天要看的动画片开始了。

进了屋，关上门，元宵夜结束了。

我看着外面影影绰绰蹿起来的烟火，还有这路上的寂寥，忽然怀念起儿时的元宵夜，还有爷爷给我扎的长长的招财靶。

爷爷离开我已有多年。

毕业后我们来看你

你是我们读初中时的班主任老师。

我们3年的初中生活，是你陪着我们一起度过的。

你从来不会骂我们，或者是指责我们。你对我们，总是那么的宽容和温和。我记得你总是在说一句话："你们，都还是孩子啊！"说这话时，你的脸上，总是微笑着的，带着甜甜的像大哥哥一样的表情。

你还常说，你小时候，没有碰到一个好老师。你的老师对你很凶，动不动就骂你。又有哪一个学生，不希望自己的学习很好呢？所以你立志，将来要做一个好老师，一个真真切切对自己的学生好的老师。

我还记得，初二年级时的一次期中考试，我们全班发挥得都不是很好，在全年级7个班级中，位列倒数第一。那几个任课老师，都很生气。当然，这也无可厚非，自己教的班级，竟然考个倒数第一，无论哪个老师碰上，都是脸上无光的事儿。在把试卷拿到教室里时，老师们都很生气，站在讲台前训斥我们，说，你们为什么就不能好好学习呢？考这么点儿分，将来你们还能做什么！

后来，你来了。你是微笑着走进教室的。作为班主任，自己教的班级全年级倒数第一，你比谁的压力都大。你也是刚刚从校长室出来，校长狠狠地把你批评了一通，说你年轻，年轻更要带好班级。

你走进教室后，只是说："他们还是孩子。"那几个任课老师的脸，顿时就变了。你还说："要给他们多一点儿的时间，他们的学习，会上来的。"既然你这个班主任都这么说，几个任课老师也无话可说了。他们瞪了你一眼，就走了出去。而你，似乎没瞅见般，显得那么无动于衷。

你站在讲台前，只说了一句话：“别人认为你们不行，那你们觉得自己行不行？我希望在下一次考试中，大家能发挥出真实的水平。”台下，没有人说话，有的，是一双双亮晶晶的眼睛。在后来的一次考试中，我们全班没有再辜负你的期望，我们考了个全年级第二名。

你拿着成绩单，站在教室的讲台前，乐得嘴都合不拢了。

记得我们到了初三，有一次要开家长会。

我们都被赶到了教室外，教室内坐满了我们的爸妈。我们只能低着头，躲在走廊处，听着教室里的声音。

有家长说：“我的这个儿子，太调皮了，3天不打就上房揭瓦，老师，你说说，这不打可怎么行啊？”

是你的声音。你说：“毕竟还是孩子啊，你说这孩子调皮你心里急，但如果这孩子整天不说话，整天发着呆，你心里是不是会更急呢？其实，孩子吧，要慢慢去诱导，光打，那也不行。”

还有家长说：“我家的女儿，别的还好，就是成绩不行，我教她的东西，往往都是前脚记住了，后脚又给忘了。不过呢，她的动手能力倒是很强。”

还是你淡淡的口吻。你说：“其实每个孩子，都各有他（她）的特点，你不可能要求他们每个人都并列第一。不是有一句话吗，条条大道通罗马。他（她）以后只要能有一项专长，也是不错的。”

整个一堂家长会，倒像是你给我们做的开脱会。

而且，你对我们称呼的，始终都是孩子。

我的邻居，和我同岁的孩子，分在另一个班。开完那次家长会，回家就是一顿好打啊。据说，他们的班主任，在家长会上，可把他给一顿好数落。他爸，是铁青着脸回家的。

庆幸之余，是让我莫名地，对老师的感动。

还记得毕业，要离开学校那天，我们全班，拿到成绩单，都舍不得走。我们拉着你一起去了操场。

我们说：“老师，我们毕业后，一定会来看你。”

你笑着，点点头。

第一年，我们赶去看了你，你微笑着说：“你们长大了。”

第二年，我们赶去看了你，你依然微笑：“快认不出你们了。”

第三年，我们赶去看了你，你居然泪流满面：“时间过得可真够快的。”

在操场上，又有一群毕业生要离开你，像我们一般，对着你说：“老师，我们毕业后，一定会来看你。”

我们就如同一只只飞向远方的鸟儿，回到了栖身过、抚育过我们的树杈，直到那根树杈上，站满了所有从远方归来的鸟儿。

平静的早晨

这是一个平静的早晨，因为是休息日，马路上的行人并不很多。

他就坐在马路一侧的一家小餐馆里，慢条斯理地吃着早餐。间或，他会看一下对面。

小餐馆的对面，是一家银行。

时间又过了几分钟，银行的大门，徐徐地打开了。有一个保安，看上去年纪有些大，打着哈欠，拉开了卷帘门。保安的腰间，别着一根黑黑的棍子，不停地晃动着。

这家银行的位置有些偏远，来存钱、取钱的人，一直不是很多。

今天，也不例外。零零星星地有人进去，他数了数，也就七八个人。

早饭，他吃得也差不多了。他摸了摸随身带着的公文包，刚想站起身，就看到惊人的一幕：一个男人，以极快的速度，从马路的另一面，跑到了银行的一面。在银行门口，男人手中突然多了一把枪。然后，他就看到男人打倒了那个年老的保安。那几个存取钱的人，缩在了银行的一角。男人把枪又对准了柜台内的几名工作人员……

他座位的视线，正对着那家银行。整个过程，他都看得清清楚楚。

他简直看呆了。他摸着公文包的手，也不由自主地缩了回来。

餐馆里，有别人也看到了这一幕。有人颤抖着手，拨通了110，说："我报案，这边的一家银行，有劫匪，地址是……"

他眼睛一眨不眨地看着银行里的那个男人。他看到那个男人，似乎是和几名工作人员在叫嚣着什么。估计是在问他们要钱。他还看到，果真有钱从柜台的窗口里递了出来。那个男人接过来，似乎是嫌少，又比画着手中的枪。

警车很适时地赶来了。5 辆警车一字排开，把银行门口全部包围了。

他的心头猛地一惊，这比他预想中来得要快。那个人报案时，他看过时间，也计算过，一辆车从公安局开过来，按实际距离测算，应该需要 7 分半钟，但这些警车，刚满 5 分钟就到了。

真的是快！他的脸上莫名地抖了一下。

那些警察，已经把银行包围得水泄不通。有一个警察，应该是里面的头儿，站在银行门口，拿着一个喇叭喊："把人质放出来，你有什么要求我们都可以满足你。"他看到那个男人脸上的恐慌，他也许也没料到警察会来得如此之快吧。男人显得有些气急败坏，说：“你们赶紧撤走，还有，给我一辆车，要加满油的。”

一名领头的警察喊了声：“好，别激动。”手挥了挥，许多警察都纷纷往身后撤。

仅仅3分钟，一辆车就被送来了，停在了银行的门口。

但与此同时，他分明看到，在银行屋顶的旁边，匍匐着几个穿迷彩服的人，他们的手里，都握了一把枪。枪头，正对着银行门口。

他的脑子里迅速闪过3个字：狙击手！

原本守在银行门口的警察们，早已经散去。

那个男人手里拿着枪，枪口顶在他前面的一个女人头上。女人整个身子都颤抖着，眼中闪着泪光，是怕的。女人的整个身体挡在男人前面，这也是男人保护自己的一个举措。男人的手里，还拿着满满当当的一袋东西，里面，应该是塞满了钱。

男人拉开了一辆警车的门，他吆喝着让女人先进车子。女人的整个身体都进去了，仅仅是瞬息之间，男人的头，也几乎是以最快的速度往车里缩，但还是来不及了。就听见一声刺耳的“砰”的声音，男人的头上，顿时像开了一朵艳丽的花儿。然后，男人整个人软了下去，直到躺倒在地。

他很认真地看着，从抢劫，一直到劫犯被枪毙的整个过程。每一步的细节，他都看得清楚明白。不知何时，他的额头已经满是汗水。他的眼前，只看到警察在来来回回地走，救护车也到了，男人被担架抬上了救护车。他想，估计是凶多吉少了。他从那个男人的身上，仿佛看到的，是自己。

他看到几个保安在冲洗着地上的血迹。保安冲得很认真，没几下工夫，血迹就没有了。

警察们都撤了。

一切，都恢复了平静，平静到似乎这个早晨，什么事儿都没发生一样。

他的心头，却始终平静不下来。

他在那里，又坐了好一会儿。

最后，他离开了小餐馆。

他没有带走那只公文包，他觉得，已经没有必要拿了。

公文包里，有一把仿真手枪。

一把足以乱真的仿真手枪。

临终关怀

我是作为志愿者，去的医院，那是一家临终关怀医院。

走进医院的大门，我就能感觉到一种别样的氛围。这里的气息，让人感到莫名的苍凉。走进医院的走廊，经过几扇虚掩着的病房门，我偶尔抬头，能看到里面老态龙钟、躺在病床上的老人。这让我想起奶奶，还有外婆。

奶奶死于10年前。记忆中奶奶死时的情景已经淡了许多。外婆死于一年前，母亲说："外婆不想死。"住院的时候，母亲拿来家里的新鞋子。外婆说："这鞋子带回去，我开春的时候要穿呢。"临走时的痛楚是难免的。外婆说："痛。"母亲说："是这样的，痛痛就好了。"母亲赶紧别过脸去，眼角早已盈满了泪。外婆终究还是知道了病情，拉着医生的手，说："医生，我不想死，你救救我。"闻者落泪。医生几经抢救，终于还是没能留住外婆。

我由一个护士长安排，陪伴一位李姓老人。老人70多岁，是肿瘤晚期。老伴走得早，她一个人独自过了十几年。老人查出肿瘤并且确定无法治疗后，才由子女安排，送到了这里。老人平时的精气神儿还是可以的，偶尔还会在医院的楼下散散步，坐着陪人聊聊天，言语中谈笑风生，一点儿都不像是一个面对死亡困境的老人。不过，在病症发作的时候，老人真的是有些难耐，看着她痛苦的额头渗出的汗，总让人觉得不忍。

老人散步的地方，有许多其他的老人。我发现，其中一个姓刘的老头，似乎和她特别聊得来。每次一聊，老人总会绽开她浓浓的笑意，有时真像个孩子。而且，我还观察到，每当老人知道刘老头在楼下，她出门时总会对自己做一番打理。虽然在我看来，她打不打理效果是一样的，但能看出她脸上流露出的那份自信和温柔。聊完天，老人回到病房时，总是喜笑颜开着，有一次，我竟然还发现了老人脸颊上的红润。我看得真有点儿发愣，这也太神奇了吧。

有一天，我陪老人下楼散步时，老人似乎一直在找什么理由，让我离开。她一会儿说让我上楼帮她去取样东西，拿过东西后她又随手放在一边，一会儿又说护士长找我有事，但我跑过去问，护士长说根本没找过我。我回去时，老人还和刘老头在聊天，聊得兴致极高的样子，两人的身边也没有旁人。我远远看着，有些纳闷，老人不会是有别的什么想法吧？

几天后，果然就有事情发生了。我赶到病房时，看到老人的房间里站了好几个男男女女。老人说："我没别的要求，我一个垂死的病人，就这么点儿心愿，你们考虑一下吧。"一个中年女人，应该是老人的女儿吧，她说："妈，其实我们也理解你，但是……"老人说："这么多年了，我拉扯着你们长大，你们想想，我有没有求过你们什么。"没人说话了，在场的几个人都落了泪，我也忍不住抹了一把眼泪。

接下去的事儿，真让人有些瞠目结舌，老人居然和刘老头结婚了，还是在医院里。很简单的一个婚礼，能走得动的病友们都来了，大家的脸上洋溢着久违了的幸福。没人会想到，到了这里，还能有机会参加婚礼。

刘老头是在一周后悄然离开的。虽然是结了婚，但老人和刘老头还是睡在各自的病房。每天早上6点半，刘老头会准时来到老人床前。那一天，刘老头没来，老人不停地看着表，我能感觉到她脸上的慌乱。老人连早饭都不肯吃，嘴里不停地在念叨，说:“出事了，出事了，一定是出事了。”我安慰她，说:“没事的，您先吃饭吧，吃过饭我陪你一起去看他。”老人依然没吃，眼泪莫名其妙就下来了。

一会儿，和老人意料中的一样，有护士进来，带来了刘老头的噩耗。老人听到这个结果，头摇了摇，就晕了过去。

老人醒来时，满脸憔悴。我有些不明白，其实她和刘老头在医院相处也就一个多月的时间，有必要在这垂死的当口还结婚吗？为了他的死讯，还晕了过去……

老人像是看穿了我的想法，她告诉我，其实她和刘老头小时候就认识了，因为别的一些原因，他们失散了那么多年，直到在医院，他们才有机会见到彼此。刚见面时，老人真有些不相信这辈子居然还能有机会相见。也许，这就是老天特意给他们安排的吧。

最后，老人说了一句：“初恋，是最美好的。”

我不止一次听过这句话。

但从老人口中说出，我觉得，她像个哲学家。

大灰狼来了

儿子5岁了，最爱看的动画片就是《喜羊羊和灰太狼》。儿子有和他一样的性格，他从小不怕他父亲，他儿子也不怕他。

儿子唯一怕的，就是大灰狼。

儿子调皮，中午睡多了，晚上就不安稳，即便关了灯，还是又蹦又跳的。他就吓儿子，说："你再不睡觉，大灰狼就该来吃你了。"儿子顿时就不作声了，缩在被子里，缩在他的怀里，一双稚嫩的小手紧紧地抱住他。

那一段日子，该是他和儿子最快乐的时光了。

妻嫌他不作为，没出息，在外面有了新欢，有一段时间不回来了。

他打妻电话，要么是关机，要么就是不接，不给你任何的音信。

再回来时，妻还带了人，一个年纪足以做妻父亲的男人。妻说："我们离婚吧。"妻的话很决绝，没有半点儿的拖泥带水。

他说："你不能再考虑一下吗？"

妻说："不用了。"

他想了想，说："那，儿子归我？"

妻摇头，说："不行，儿子必须归我。"妻的眼睛看向那个男人。男人点了点头，问他："你要多少钱？开个价吧！"

他说："滚！那是我儿子！"

妻带着那个男人真的滚了。

签完离婚协议的第二天，他就收到了法院发来的传票。

前妻和那个男人，把他告上了法庭，他们要从他的手里，生生地把儿子夺走。他绝不允许这样，他不能再失去儿子了。

可那个男人真的太有钱了，请的那个著名律师，三言两语之间，就把他抚养儿子的软肋一一道尽。他坚持，他辩解，但根本无力扭转颓势。

最终，法院还是将儿子判给了前妻和那个男人。

失去了儿子，他仿佛一下子失去了整个世界。他不知道，接下去又该干什么。他天天坐在儿子的房间，想着儿子的音容笑貌。他甚至还躺在床上，使劲去闻儿子留在那里的气息。他是太想儿子了。

他曾经去过妻的住处。

他有想过，去把儿子给偷出来。

可他发觉，那些也只能是自己想想而已，根本就不能付诸行动。妻现在住的是别墅，那里四周是围墙，到处是保安，没别墅里的人许可，他是根本走不进去的。

他懊恼，他失望，他懊恼自己当时为什么不能打赢儿子的抚养权官司。

那天，他的门铃被按响了。

一开门，是前妻，还有儿子。

儿子整个人显得邋里邋遢，嘴角间还隐隐有些血迹。

他猛地上前，抱住了儿子。

他问前妻："到底是怎么了？是不是儿子被打了？"他的声音不像是说话，像在吼。

前妻冷笑，说："你这个儿子，把我们家老吴都给咬伤了。"老吴是那个男人的名字。

他有些不明白，儿子怎么会咬那个男人呢？

前妻说："算了，算我们倒霉。你儿子，现在还给你了。整个一个和你一样没出息的样儿。"

说完，前妻就走了。

他忙把儿子抱进了屋，然后，进卫生间，给儿子擦洗。

他还是有些不大明白，问儿子："你怎么把那男人给咬了呢，是真的吗？"

儿子笑呵呵地，说："我觉得那人，长得就像大灰狼。"

他就笑了，笑儿子的调皮。他怎么没觉得老吴长得像大灰狼呢？他忽然想起了什么，说："儿子，你不是怕大灰狼的吗？怎么还敢咬？"

儿子就笑了。

儿子悄悄地凑近他的耳边，说："我告诉你一个秘密，其实，我并不怕大灰狼，那都是我骗你的，故意装的……"

儿子还说："爸，其实，我只想和你在一起。要是大灰狼再来，我们就一起咬他。"

他点点头，他的眼前，顿时就模糊了一片。